Renée Miller: Augen-Blicke

AF281341

# Augen-Blicke

Romanze

von

Renée Miller

Bibliografische Information der Deutschen Nationalbibliothek: Die Deutsche Nationalbibliothek verzeichnet diese Publikation in der Deutschen Nationalbiblio-
grafie; detaillierte bibliografische Daten sind im Internet über www.dnb.de abrufbar.

© 2021/2023
Herstellung und Verlag: BoD – Books on Demand,
Norderstedt
ISBN: 9783758305238

# 1.

„Alles gut? Alles gut!"

Die Frage und die Antwort waren längst zu einem Ritual geworden, ohne das er nicht mehr sein wollte. Wenn er morgens seinen Rechner hochgefahren hatte, ging sein suchender Blick zunächst auf die Namensliste des Nachrichtendienstes; und wenn er dort erkannte, dass Anna-Karina ebenfalls online war, schickte er seine Botschaft an sie auf die Reise. Nicht immer antwortete sie direkt, aber er konnte sich auf ihre Antwort verlassen. Sie würde im Laufe des Tages kommen.

In den meisten Fällen war sie gleichlautend mit seiner Nachricht: „Alles gut? Alles gut!"

Sie brauchten nicht viele Worte, um ihre gegenseitige Vertrautheit zu bekunden. Ihr ging es gut, ihm ging es gut, das machten sie sich mit diesen vier Worten deutlich.

Wenn es die Zeit erlaubte, würden sie sich nachmittags auf eine Tasse Kaffee treffen, abends bei einem Essen in einem Restaurant oder bei einem Spaziergang durch die Natur, wenn Anna-Karina denn einmal alleine und ohne Verpflichtungen sein konnte. Dann redeten sie über die Dinge, die geklärt werden mussten oder bei denen er ihr geduldig zuhörte und sie gerne seine Gedanken aufnahm. Die Probleme mit ihren Kindern, ihre permanente finanzielle Zwangslage, ihre berufliche Unsicherheit, ihre familiäre Situation, ihre gegenseitige Beziehung, die sie ebenso wie er nicht aufgeben wollte. Es gab immer viel zu besprechen; und eigentlich auch zwischen ihnen zu entscheiden. Doch diese Entscheidung schoben sie immer wieder hinaus, weil beide sie gar nicht treffen wollten. Alles war gut, so wie es war – auch wenn es besser sein könnte, und es war auf jeden Fall besser, als gar nichts miteinander zu haben.

Er widmete sich seinen Emails, als der Nachrichtendienst einen Eingang vermeldete. Anna-Karina hatte geantwortet, wie er erfreut feststelle. Schnell klickte er ihre Botschaft an.

Seine Miene verfinsterte sich schlagartig, während er den einzigen Satz las: „Rüdiger hat mir eben einen Heiratsantrag gemacht", hatte Anna-Karina geschrieben, und ihre Meldung ohne ein sonst übliches Smiley abgeschickt.

Er musste schlucken. Schwindel machte sich in seinem Kopf breit. Sein Puls stieg, er atmete schwer, der Schmerz, der sich in seinem Herzen ausbreitete, war schier unerträglich.

„Rüdiger hat mir eben einen Heiratsantrag gemacht."

Dieser Satz veränderte in einem einzigen Augenblick alles, sein Leben, Anna-Karinas Leben, ihr gemeinsames Leben. Ihre gemeinsame Zukunft? Er versuchte sich zu entspannen, seine rasenden Gedanken unter Kontrolle zu bringen. Hatte er nicht damit rechnen müssen? Hatten Anna-Karina und er überhaupt je eine Zukunft gehabt? War es nicht sinnvoll und richtig, dass Rüdiger Nägel mit Köpfen machte und Anna-Karina fest an sich binden wollte? War seine eigene Beziehung zu Anna-Karina nicht nur ein schönes Intermezzo gewesen? Für sie ebenso wie für ihn?

Ihre Beziehung konnte auf Dauer nicht gut gehen. Dazu lebten sie in zu unterschiedlichen Welten. Ihr Versuch, daraus auszubrechen, war von vornherein zum Scheitern verurteilt, wie er bei nüchterner Betrachtung anerkennen musste. Das war ihm ebenso wie Anna-Karina im Prinzip klar gewesen. Doch sie hatten darüber nicht sprechen wollen, das irgendwann unvermeidlich Eintretende verdrängt, verschwiegen.

Sie hatten vielmehr ihre Momente genossen, sich seinen Spruch zu Eigen gemacht: „Genieße den Augenblick, schaue mit Stolz zurück und blicke mit Freude nach vorn."

Jetzt war offensichtlich der Moment gekommen, an dem er nicht genießen konnte, an dem er allenfalls mit dem stolzen Blick zurück vielleicht die Freude für die Zukunft, für die Zukunft ohne Anna-Karina, finden konnte. Die Vergangenheit, die viel zu wenigen gemeinsamen Stunden, die konnte ihm niemand mehr nehmen. Aus denen konnte er vielleicht einmal die Kraft schöpfen, um zu leben.

Doch in diesem Moment fühlte er sich kraftlos, müde, enttäuscht, verlassen, sinnlos, alt, mit dieser Nachricht war das Leben wieder trostlos geworden; wenngleich er sich damit tröstete, dass andere körperlich und psychisch allemal schlimmer dran waren als er selbst.

*Würde es etwa ändern, wenn er in der schönen Erinnerung schwelgen würde?*

*Der Satz: „Rüdiger hat mir eben einen Heiratsantrag gemacht" war in der Welt und änderte vieles, wenn nicht sogar alles.*

# 2.

Das erste Mal waren sie sich im Finanzamt begegnet. Er hatte im proppenvollen Wartebereich auf einer Bank gesessen, als Anna-Karina in großer Eile herangekommen war.

Sie stutzte erschrocken, als sie die vielen Menschen erkannte, die dort mehr oder weniger geduldig ausharrten. Seufzend hockte sie sich neben ihn auf den letzten freien Platz auf der Bank, ohne ihn sonderlich zu beachten.

„So ein Mist", fluchte sie leise vor sich hin, „das kann dauern. Das hat mir zu meinem Glück gerade noch gefehlt."

„Es wird für Sie noch viel länger dauern, als sie glauben, wenn Sie sich nicht eine Nummer ziehen", meinte er höflich und deutete auf den kleinen Kasten neben der verschlossenen Bürotür. „Ohne Nummer sind Sie bei dieser Behörde eine Null."

„Danke", sagte Anna-Karina ungehalten und kam seiner Empfehlung schnell nach. Mit dem kleinen Papierstück in der Hand setzte sich sie wieder hin. Nervös machte sie sich an ihrem Handy zu schaffen.

„In Eile?", fragte er beiläufig, als wolle er die unergiebige Wartezeit mit einer unverfänglichen Plauderei überbrücken.

„Was geht Sie das an?", pflaumte sie ihn böse an, ohne den Blick vom Handy zu nehmen..

Beschwichtigend hob er die Arme. „Entschuldigung, wenn ich aufdringlich war. Kommt nicht wieder vor." Er lehnte sich zurück und verschloss die Augen, um zu dösen.

Ein Klingelzeichen und das Aufblinken einer Zahl auf einem Monitor über der Tür, aus der ein Mann hinaustrat, weckten die Aufmerksamkeit der Wartenden. Alle stierten sofort auf die Ziffernfolge.

„Oh, nein!", stöhnte Anna-Karina verzweifelt, als sie die Zahl erkannte. „Da dauert ja mindestens ne Stunde, bis ich dran bin. 20 vor mir und bestimmt jeder drei Minuten."

„Damit kommen Sie nicht hin", sagte er in ruhigem, nicht belehrendem Ton. „Hier, nehmen Sie!" Er hielt ihr sein Zettelchen hin. „Wir tauschen", schlug er ihr vor. Er habe alle Zeit der Welt.

Instinktiv griff sie zu. Der Zettel trug die Nummer, die als nächste angekündigt werden würde. Sie lachte erleichtert auf.

„Ich weiß nicht, wie ich Ihnen danken soll. Mein Sohn wartet beim Arzt auf mich. Der Lehrer meiner Tochter will in einer halben Stunde mit mir reden. Sie sind meine Rettung. Ich weiß nicht, wie ich das sonst hingekriegt hätte. Heute ist für mich letzter Abgabetermin für die Steuererklärung."

„Na, na. Nun übertreiben Sie mal nicht, junge Frau." Er schmunzelte. „Ein kleines freundliches Lächeln als Dank reicht mir allemal."

Die Melancholie in seinen blauen Augen fiel ihr als Erstes auf, als sie in sein Gesicht blickte. Ein Mann, knapp über die Sechzig, schätzte sie, graues, kurzgeschnittenes Haar, glatte Haut. Alt, aber längst kein Senior, eher ein sogenannter best ager. Sie lächelte ihn wieder an und freute sich über das frohlockende Aufblitzen in seinen Augen.

Das erneute Klingelzeichen machte ihr deutlich, dass sie an der Reihe war.

„Danke", sagte sie und erhob sich schnell.

Er blickte ihr zufrieden nach und beobachtete, wie ihr Schal, den sie achtlos hineingestopft hatte, aus der Jackentasche fiel.

„Sie haben etwas verloren", sagte er, nachdem sie wieder in den Wartebereich getreten war. Höflich reichte er ihr den Schal. Die Frau, die er auf Mitte 40 schätzte, war fast einen Kopf kleiner als er. Das wellige, braune Haar fiel ihr auf die Schultern. Ihre Jeans, die in braunen Stiefeln steckten, und die Übergangsjacke waren zwar einfach, aber sauber. Kein ausstaffiertes Modepüppchen, sondern eine Frau aus dem Leben.

„Alles gut?", fragte er.

„Wie man's nimmt", antwortete sie. „Der Beamte hat alles akzeptiert und abgestempelt." Sie grinste ihn aus klaren, braunen Augen an. „Ich muss los."

„Ich weiß, der Arzt und der Lehrer." Er griff zur Plastiktasche eines Lebensmitteldiscounters, die er zwischen den Beinen eingeklemmt hatte, und ging zur Bank zurück.

„Winand, was machst du denn hier?", hörte sie eine tiefe Männerstimme durch den Raum dröhnen, während sie sich entfernte. „Warum wartest du hier und bist du nicht zu mir gekommen?"

Unwillkürlich schaute sie sich um und bekam die Antwort mit.

„Weil ich ein Steuerpflichtiger wie jeder andere bin, der von dir oder einem deiner Kollegen keine Sonderbehandlung erwartet", entgegnete der freundliche Mann dem ungefähr Gleichaltrigen, der wegen der unter dem Arm geklemmten Akten unschwer als Finanzbeamter zu erkennen war. „Im Prinzip bin ich auch nur eine Nummer."

# 3.

Anna-Karina erkannte den Mann zweifelsfrei wieder, der ihr mit gesenkten Kopf auf dem Weg entgegenkam. Er war mit der geschlossenen Winterjacke zu warm für das frühlingshafte Wetter gekleidet.

„Guten Tag", sagte sie mit ausgewählter Höflichkeit, als sie sich begegneten.

Geistesabwesend nickte er ohne aufzuschauen und machte mit schnellen Schritten einen großen Bogen um sie.

„Hallo! Geht's noch?", empörte sie sich temperamentvoll. Wenigstens einen Gruß hätte sie schon erwartet. Aber war sie dem Kerl nicht einmal ein einziges Wort wert?

Dieses Verhalten hätte sie nach ihrer ersten Begegnung im Finanzamt nicht angenommen.

Der Mann stutzte, dann drehte er sich um, schaute auf und sah sie an: Mitte 40 vielleicht, strahlende Augen in einem schönen Gesicht mit einem breiten Mund und einer niedlichen Nasenspitze, schulterlanges, welliges Haar.

„Kennen wir uns?" Er schien zu überlegen. Dann tippte er sich gegen den Kopf. „Natürlich kennen wir uns. Entschuldigen Sie mein schlechtes Erinnerungsvermögen. Finanzamt. Sie hatten es eilig. Stimmt's?"

Anna-Karina war sich nicht sicher, ob der Mann nur so tat, als müsse er krampfhaft nachdenken oder ob er sie tatsächlich nicht auf Anhieb wiedererkannt hatte.

„Stimmt", bestätigte sie. „Sie waren mein Retter in der Not."

„Na, ja", meinte er abwiegelnd. Er schmunzelte. „Hat sich meine Rettungstat denn wenigstens für Sie gelohnt?"

„Und ob sie das hat." Anna-Karina nickte heftig. „Ich habe schon Bescheid bekommen und einen richtig schönen Batzen Geld zurückgekriegt."

„Das freut mich für Sie, auch wenn mein Beitrag dazu wohl äußerst gering ist." Die Melancholie, die ihr sofort aufgefallen war, war in seine Augen zurückgekehrt. „Und was machen Sie jetzt hier?", fragte er.

„Sieht man's etwa nicht?" Anna-Karina deutete auf die beiden Fotoausrüstungen, die sie über die Schulter gehängt hatte, und auf die Kamera in ihren Händen. „Ich fotografiere."

„Leichen?"

Sie lachte auf. „Bloß nicht. Ich mache Jagd auf Grabsteine. Für einen Steinmetz. Der braucht die Fotos für eine Broschüre."

„Sie sind also Fotografin und beruflich hier auf dem Friedhof unterwegs?" Wieder schlug sich der Mann stöhnend mit der Hand gegen die Stirn. „Was für eine blöde Frage! Ich nehme sie zurück."

„Akzeptiert. Und Sie haben natürlich recht mit Ihrer Annahme." Sie betrachtete ihn prüfend wie ein Modell. „Von Ihnen ließen sich übrigens schöne Motive machen. Sie sind fotogen. Sie haben ein markantes Gesicht und interessante Augen, wenn ich das so sagen darf aus der Sicht einer Fotografin." Dass sie seine Augen und sein

Gesicht auch aus ihrer privaten Sicht attraktiv fand, behielt sie für sich.

„Nein, danke." Er hob abwehrend die Hände. „Ich mag keine Fotos von mir."

„Schade." Sie sah ihn bedauernd an. Der Mann strahlte in seiner Melancholie eine faszinierende Gelassenheit aus. Er schien mit sich im Reinen.

„Und was machen Sie hier? Verwandtenbesuch?" Sie biss sich auf die Lippe. Diese unpassende Bemerkung hätte sie am liebsten zurückgenommen.

„Glücklicher Weise nicht", antwortete der Mann. „Sie erinnern sich an unsere Begegnung im vollen Wartebereich? Nachdem ich Ihnen Ihren Schal gegeben habe, hat mich ein Bekannter, der als stellvertretender Vorsteher im Finanzamt arbeitet, angesprochen."

„Ja", bestätigte Anna-Karina, „der Mann, der Sie Winand genannt hat." Innerlich pustete sie durch. Endlich war ihr der ungewöhnliche Vorname ihres Gesprächspartners wieder eingefallen war.

Winand schien die Nennung seines Namens überhören zu wollen. „Dieser Mann ist vor zwei Wochen gestorben. Herzinfarkt. Ist gerade mal 62 geworden." Er grinste gequält. „Kann mir nicht passieren."

„Wieso nicht?" fragte sie spontan. Sie erschrak über sich selbst. Wie konnte sie bloß zum zweiten Mal in einem Gespräch so respektlos sein? Der Tod mit 62 Jahren konnte Winand nicht ereilen, weil er dieses Alter überschritten hatte, so einfach war die Antwort auf ihre Frage gewesen, über die er hinweghörte.

Absichtlich oder unabsichtlich, wurde ihr wieder nicht klar.

„Leider konnte ich nicht an seiner Beerdigung teilnehmen", fuhr er fort. „Deshalb habe ich meinem Abschiedsbesuch heute gemacht. Hat sich in gewisser Weise ja doch noch gelohnt."

Winand lächelte entschuldigend nach einem schnellen Blick auf seine Armbanduhr. „Und jetzt muss ich mich leider schon wieder von Ihnen verabschieden. Die Pflicht ruft. War schön, Sie zu sehen. Ich hoffe, es war nicht das letzte Mal. Sie tun mir gut." Er setzte sich wieder in Bewegung.

Anna-Karina sah dem Mann verblüfft nach. ‚Sie tun mir gut', das hatte noch nie jemand zu ihr gesagt. Was hatte der Mann damit gemeint?

„Winand!", rief sie ihm nach. Als er sich umdrehte, machte sie schnell eine Fotoserie von ihm.

In gespielter Abwehr hielt er sich die Hände vors Gesicht. Er wollte ihr den Spaß nicht verderben. Die Frau in der leichten Jacke, den Jeans und den Stiefeln gefiel ihm. Vielleicht gab es ja tatsächlich ein nächstes Mal. Dann würde er nicht so unangenehm auffallen, beschloss er für sich.

# 4.

Die Steuerrückzahlung musste gefeiert werden. Endlich konnte Anna-Karina ihrer Freundin einmal den Kaffee und das Stück Kuchen spendieren. Ansonsten bezahlte immer Christina die Rechnung, wenn sie sich allwöchentlich im Café zur Plauderstunde trafen. Anna-Karina genierte sich längst nicht mehr, wenn Christina mit den Worten „Ich lade dich ein" das Portemonnaie öffnete. Die Freundin hatte als festangestellte Redakteurin der Tageszeitung viel mehr Geld im Portemonnaie als sie, die sich und ihre Kinder als freiberuflich Tätige durchs Leben schlagen musste. Sie hatten gemeinsam das Abitur gemacht, dann hatten sich ihre Wege getrennt, ehe sie in dieser Stadt wieder zufällig zusammenliefen. Christina würde die Stadt längst als ihre Heimat bezeichnen, aus der sie nie wieder fort wollte, anders als ihre Freundin, die nichts dagegen hätte, an einen anderen Ort zu ziehen. Feste Wurzeln hatte sie nicht mehr.

Anna-Karina war Christina dankbar, dass sie von ihr mit Fotoaufträgen für die Zeitung versorgt wurde. Dadurch kam zwar nicht viel, aber immerhin regelmäßig und damit kalkulierbar etwas Geld in die stets klamme Familienkasse.

„Jetzt ist sie ausnahmsweise einmal gut gefüllt", frohlockte sie.

„Du hast ja auch ausnahmsweise keine Fristen verstreichen lassen und keine Säumniszuschläge zahlen müssen", kommentierte Christina nüchtern und schlürfte an ihrem heißen Getränk. „Das sind vollkommen überflüssige Ausgaben, für die du wegen deiner Schludrigkeit zahlen musst. Sei froh, dass du dieses Mal daran vorbeigekommen bist."

„Winand sei Dank", sagte Anna-Karina.

„Hä. Wem sei Dank?"

„Winand, meinem Retter." Anna-Karina lachte, während sie in ihrem Obstkuchen stocherte. „Hab ich es dir nicht erzählt? Als ich auf dem letzten Drücker im Finanzamt ankam und ich überhaupt keine Zeit mehr hatte, hat mir Winand seine Nummer überlassen. Da war ich sofort dran. Sonst hätte ich wieder gehen müssen und hätte die Abgabefrist verpasst."

„Und jetzt bist du Winand ewig dankbar?" Christina sah ihre Freundin mit einem schrägen Blick an.

„Quatsch. Ich finde es nur komisch, dass ich diesem Mann, der mir bisher in unsere Stadt überhaupt nicht aufgefallen ist, jetzt schon wieder begegnet bin."

„Im Finanzamt?"

„Auf dem Friedhof."

„Als Leiche?"

„Blödfrau. Wir sind uns zufällig begegnet."

„So zufällig, dass du schon seinen Vornamen kennst", meinte die Journalistin neckisch. „Winand. Wie kann man nur so heißen? Der ist bestimmt so altbacken wie sein Name. Oder handelt es sich etwa um einen gutaussehenden, jungen, kräftigen Mann mit breiten Schultern, an den du dich anlehnen kannst? Ich würde es dir ja von Herzen gönnen."

„Du bist albern", tadelte Anna-Karina ihre Freundin milde. „Das ist ein Mann im Rentenalter, höflich und zurückhaltend." Mit schönen Augen und durchaus attraktiv für sein Alter, aber diese Bemerkung behielt sie für sich.

„Dann ist das ja genau der Richtige für dich", kommentiere Christina feixend. „Alt, höflich, zurückhaltend. Dieser Winand geht dir nicht an die Wäsche und trägt mit seiner Rente zu deinem Lebensunterhalt bei."

„Nein, danke. Ich bin total zufrieden mit dem, den ich habe." Anna-Karina ärgerte sich über sich selbst, dass sie sich derart necken ließ. Zugleich wusste sie, was folgen würde.

„Rüdiger ist nicht der Richtige für dich. Lass es dir von deiner Freundin einmal gesagt sein", fuhr Christina prompt fort.

„Du bist ja nur neidisch." Anna-Karina, die in ihrer alltäglichen, einfachen Kleidung den krassen Gegenpol zur Freundin im Designeroutfit bildete, schob sich den Bissen in den Mund und kaute langsam. Sie schluckte. „So wie damals", sagte sie genüsslich. „Da bist du ja auch vor Neid erblasst."

Damals, das war noch zu Schulzeiten gewesen, kurz vor dem Abitur, als Rüdiger Christina hatte abblitzen lassen und sie mit ihm eine Liebschaft begonnen hatte, die eigentlich ewig dauern sollte.

„Ich, neidisch?" Christina schmunzelte. „Dafür habe ich garantiert keinen Grund. Ich bin rundumversorgt. Der Schaumschläger Rüdiger kann mir gestohlen bleiben.

Und du solltest dich auch von dem fernhalten, meine Liebe. Ehrlich."

Christina hatte alles richtig gemacht, wenn Anna-Karina es beurteilen konnte. Ein fettes Gehalt als Leiterin der Kulturredaktion fürs sorgenfreie Leben und fürs Herz einen Professor, der Chefarzt der Kardiologie an der Uniklinik war.

Eigentlich hatte Anna-Karina allen Grund, neidisch zu sein. Dennoch lästerte sie bissig: „Deine Rundumversorgung steht auf tattrigen Füßen. Dein Kardiologe tut's nicht mehr lange. Der geht doch stramm auf die Rente zu."

„Auf die Pension, meine Liebe", verbesserte Christina sie. „Nicht einmal 15 Jahre älter als ich ist mein Herzblatt, aber er hat die Kondition eines Ausdauersportlers in den besten Jahren. Die 60er von heute sind die 40er von gestern, lass es dir gesagt sein."

„Dann fühlst du dich als Mittvierziger also wie eine Mittzwanziger, oder?"

„Natürlich. So ein Professor ist ein richtiger Jungbrunnen, kann ich dir nur sagen. Und du? Wenn ich mich nicht vertue, bist du sogar noch einige Monate älter als ich. Außerdem sind wir beide wohl eher Endvierzigerinnen als Mittvierziger. Nicht mehr lange und wir feiern Goldjubiläum."

„Klar, mit Silberhaar", kommentierte Anna-Karina, obwohl sie zugeben musste, dass Christinas schwarzes Haar nicht einmal eine Andeutung von Grau enthielt, während sie selbst gelegentlich ein graues zwischen ihren braunen Haaren entdeckte. Sie winkte ächzend ab.

„Ich komme mir jetzt schon vor wie eine alte Frau Mitte 60. Arbeit ohne Ende und ohne Aussicht auf große Einnahmen. Zwei aufmüpfige Kinder und ein verzogener Hund, die versorgt werden wollen. Da bleibt nicht allzu viel Zeit fürs Gemüt."

„... und mit Rüdiger einen Kerl im Bett, der nicht zu dir passt", unterbrach Christina sie. „Ich kann dir nur raten: Such dir einen Älteren. Das sage ich dir aus guter Erfahrung. Such dir so einen wie deinen Winand."

„Erstens ist das nicht mein Winand", entgegnete Anna-Karina gereizt. „Zweitens weiß ich gar nichts von dem. Drittens will ich überhaupt nichts von dem. Und viertens habe ich Rüdiger."

„Klar. Du hast lieber einen Spatz in der Hand, von dem du noch nicht mal weißt, ob er dir aus der Hand frisst oder wegfliegt. Ich habe dir immer gesagt: Augen auf bei der Berufswahl. Und Augen auf bei der Partnerwahl. Aber du wolltest nicht auf mich hören."

„Du bist wirklich nur blöd." Anna-Karina hatte keine Lust mehr auf das Gespräch. „Ich muss gehen." Sie griff zu ihrer Beuteltasche und kramte nach den Autoschlüsseln. Der sperrige Fotoapparat störte bei der Suche. Unwillkürlich musste sie grinste.

„Wenn du willst, kannst du dir ja mal ein Bild von Winand ansehen. Ist ein Schnappschuss vom Friedhof. Dann siehst du, dass das ein alter Mann ist." Geschickt fingerte sie an dem Gerät, bis auf dem Display ein Foto erschien.

„Das ist Winand."

„Das ist Winand? Na, ja", meinte Christina abschätzend nach ihrem prüfenden Blick. „Wie mein Professor sieht er nicht gerade aus, das gebe ich gerne zu. Aber für einen Mann in seinem Alter hat sich dein Winand gut gehalten. Du kannst ihn gerne für dich behalten, meine Liebe."

„Das ist nicht mein Winand. Wie oft soll ich es dir sagen?" Anna-Karina hatte ihre Stimme angehoben. Ungehalten wollte sie den Apparat wieder in die Beuteltasche zurücklegen.

„Moment mal!" Christina hielt die Kamera fest. „Den Kerl kenne ich. Ich weiß nur nicht, woher. Kannst du mir das Bild mailen? Der kommt mir so bekannt vor. Das will ich herausfinden."

„Du kannst mich mal", sagte Anna-Karina ablehnend. „Die Fotos werde ich heute nirgendwohin schicken, sondern für immer in den ewigen digitalen Jagdgründen versenken."

„Wie du meinst, meine Liebe. Keine Mail von dir an mich, keine Aufträge mehr von mir an dich. Du hast die Wahl."

„Du Erpresserin", zischte Anna-Karina und warf einen Geldschein auf die Tischplatte.

Selbstverständlich würde sie ihrer Freundin den Gefallen tun. Christina war im Laufe ihres Berufslebens so vielen Menschen begegnet, da hatte sie bestimmt auch einmal diesen unbekannten Winand getroffen.

„Der Mann hat wahrscheinlich vor Jahren bei einer Versammlung zufällig neben dir gesessen und dich mit einer

Knoblauchfahne eingenebelt", lästerte sie zum Abschied.

„Vielleicht. Aber vielleicht gibt es ja eine ganz tolle Geschichte über deinen Winand."

# 5.

Winand hatte lange mit sich gerungen, ob er tatsächlich einen Abend außerhalb des Hauses verbringen wollte, doch dann hatte er sich zum Besuch des Sinfoniekonzerts im Stadttheater entschieden. An fünf aufeinanderfolgenden Tagen wurden sämtliche Sinfonien von Ludwig van Beethoven aufgeführt, die Neunte zum Abschluss, davor jeweils an einem Abend zwei andere. Er hatte sich für das erste Konzert entschieden, an dem die Erste und die Zweite auf dem Programm standen.

Seine musikalische Liebe hatte immer Beethovens Sinfonien gegolten. Jahrelang hatte er auf Konzertbesuche verzichtet, dieses Mal wollte er sich den Genuss, den das renommierte Orchester unter der Leitung eines weltberühmten Dirigenten einstudiert hatte, mindestens an einem Tag nicht entgehen lassen. Die zwar immens teuren, aber dennoch begehrten Eintrittskarten waren

schnell vergriffen. Er hatte Glück gehabt, für das Auf-
taktkonzert noch ein Ticket für einen Platz zu ergattern,
zwar ganz außen fast am Ausgang, aber immerhin. Er
würde sich den Abend von niemandem vermiesen lassen. Er hatte ihn sich verdient, auch wenn er ohne Maria
kam.

Niemand würde es ihm verübeln, wenn er alleine in Kon-
zertsaal erschien. Andererseits, wer sollte ihm sein Erscheinen ohne Begleitung verübeln? Es kannte ihn fast
niemand mehr in dieser großen Stadt; zu lange hatte er
zurückgezogen gelebt. Da war jemand wie er schnell
vergessen, was Winand keinem Mitmenschen nachtra-
gen würde. Die meisten wussten wahrscheinlich gar
nichts mehr von seiner Ehe, nichts von seinem Schicksal.
Der Rückzug ins Private vor rund einem Jahrzehnt war
seine alleinige Entscheidung gewesen, mit allen ihren
beruflichen und privaten Konsequenzen.
Er hatte damals die aus seiner Sicht einzig richtige Entscheidung getroffen, nicht ahnend, dass dieser Rückzug
schon fast zehn Jahre andauern würde. Die lange Dauer
war für ihn kein Grund, nachträglich den Entschluss zu
bereuen.

Mit verschlossenen Augen und tief in seinen Sitz zurück-
gelehnt lauschte der Mann verzückt den letzten Tönen
des vierten Satz der ersten Sinfonie, der so fulminant mit
dem Einsatz des gesamten Orchesters und zugleich so
beschwingt endete. Er mochte diese Sinfonie, die schon
in Kindestagen sein Interesse an der klassischen Musik

im Allgemeinen und an Beethoven im Besonderen geweckt hatte. Im Nachhinein dankte er seinen Eltern,
dass sie ihn damals zu den Schlosskonzerten mitgenommen hatten.

„Schlafen Sie immer bei Konzerten?", flüsterte ihm eine
kehlige, weibliche Stimme ins Ohr. Eine Haarsträhne, die
ihm in der Nase kitzelte, zerstörte seine Konzentration
vollends. Ein angenehm riechendes Parfüm breitete sich
aus und lenkte ihn vollends von dem Musikerlebnis ab.
Er blickte in die tiefbraunen Augen der Fotografin, die
sich neben ihn in den Gang gehockt hatte. Das Gesicht
war so nahe, dass er der Frau auf den Mund hätte küssen können.
Er rappelte sich auf. „Wenn ich so geweckt werde, wie
eben von Ihnen, dann würde ich nichts anderes mehr
tun wollen, als bei Konzerten einzuschlafen", sagte er
amüsiert.
„Welches Instrument spielen Sie denn hier bei dieser
großen Show?", fragte er interessiert, während er sich
mühsam erhob.
Anna-Karina deutete auf ihre Ausrüstung. „Die Knipsine.
Eine Mischung als Klarinette und Violine." Sie lachte ihn
an, während sie an seiner Seite im Pulk der vielen Besucher ins Foyer schritt. „Ich mache Aufnahmen für das
Theater und für die Zeitung."
„Aber jetzt machen Sie wie alle eine Pause. Darf ich Sie
auf ein Glas Sekt einladen?" Fragend betrachtete Winand die muntere Frau, für die die Arbeitskleidung of-

fensichtlich aus grobkarierter Bluse und in braunen Stiefel gesteckte Jeans bestand. In ihrer derben Kleidung wirkte sie ein wenig unpassend zwischen den festlich gekleideten Konzertbesuchern.

„Ich bin zum Arbeiten hier, nicht zum Vergnügen", kommentierte sie seine aufmerksame Musterung. „Und Alkohol während der Arbeitszeit ist bei mir absolut verpönt, mein Herr."

„Schade", sagte er langsam. Er schmunzelte. „Ich dachte, es bereitet Ihnen ein Vergnügen, mich hier zu wecken."

Anna-Karina lachte. „Der Punkt geht an Sie." Sie schüttelte den Kopf und ließ das gewellte Haar wirbeln. „Leider kann ich Ihre Einladung zu einem Glas Sekt nicht annehmen. Ich kann eh nicht mehr bleiben, weil ich noch zu einem weiteren Termin muss. Und meine Familie wartet auf ihre Ernährerin und Erzieherin."

Sie musterte Winand ungeniert. „Und außerdem würde ich an Ihrer Seite aussehen wie ein zerrupftes Huhn neben einem eleganten Schwan."

Nichts erinnerte bei Winand an den alten, einfach gekleideten Mann, der ihr im Finanzamt und auf dem Friedhof begegnet war. Das hellblaue Hemd unter dem anthrazitfarbigen Sakko, die gutgeschnittene Jeans und die glänzenden, schwarzen Schuhe hatten Winand zu einer schlanken, ansehnlichen Erscheinung gemacht. „Sie sehen gut aus, mein Herr, wenn ich das einmal in aller Bescheidenheit bemerken darf."

„Dürfen Sie. Aber bei weiten nicht so gut wie Sie, Werte. Bei mir macht vielleicht die Kleidung den Mann, Sie wären selbst in einem löchrigen, alten Kartoffelsack attraktiv."

Er lächelte melancholisch. „So ist halt das Leben ..."

„ ... das Sie heute Abend ohne mich fortsetzen müssen", unterbrach ihn Anna-Karina salopp.

„Also ohne Sie und ohne ein Glas Sekt für Sie?" Falls Winand tatsächlich enttäuscht sein sollte, ließ er es sich nicht anmerken. „Schade."

„Ich habe wirklich keine Zeit", versicherte sie durchaus bedauernd.

„Vielleicht ein anderes Mal. Die Einladung zum Sekt bleibt bestehen." Der Mann grinste fast schon unverschämt. „Ich werde Sie und sie garantiert nicht vergessen."

Anna-Karina überlegt kurz. Der Mann hatte es verdient, sich noch einmal mit ihr zu treffen.

„Warten Sie, da könnte es eine Möglichkeit geben", sagte sie auffordernd. „Übernächsten Sonntag, da bin ich bei einer Vernissage im Schloss. Das kennen Sie vielleicht?"

Er nickte kurz. „Kenne ich selbstverständlich. Wer kennt unser Schloss nicht? "

„Dort können Sie mir dann ein Glas Sekt spendieren." Anna-Karina schaute sich um und entdeckte Christina in Begleitung ihres Partners.

„Da ist meine Chefin. Der muss ich noch kurz Bescheid sagen, dass ich hier den Abflug mache." Sie wunderte sich nicht, dass als Reaktion auf ihr Winken nicht nur ihre

Freundin, sondern auch deren älterer, elegant gekleideter Begleiter, mit dem Anna-Karina noch nie zusammengekommen war, zurückwinkte. Das musste der Medizinmann sein.

„Ich muss dann mal", sagte sie mit vorgetäuschter Zerknirschtheit zu Winand und drückte ihn leicht am Arm. „Bis bald."

Als sie sich hastig umdrehte, rannte sie beinahe in einen Mann hinein, den sie erst beim zweiten Blick als den Bürgermeister erkannte.

Doch der hatte überhaupt kein Auge für sie. Mit ausgestreckten Händen näherte sich der Erste Bürger der Stadt Winand.

„Was für eine Freude, Sie hier zu sehen, Herr Doktor Wielandt!"

Anna-Karina stoppte für einen Moment in ihrer Bewegung. Wieso kannte der Bürgermeister Winand? Dr. Winand Wielandt?

Der Mann wurde immer mehr zu einem großen, durchaus attraktiven Fragezeichen. Winand hatte offensichtlich gute Beziehungen zu einem hohen Tier im Finanzamt gehabt, und auch der Bürgermeister schien sichtlich begeistert davon, ihn in der Öffentlichkeit begrüßen zu können.

„Dr. Winand Wielandt, was bist du bloß für ein Mann?", fragte sich Anna-Karina laut, als sie sich in ihr kleines, altes Auto setzte, um zum nächsten Termin und danach endlich nach Hause zu ihrer Familie zu fahren.

Christina würde sicherlich bei ihrer Recherche über diesen Mann fündig werden.

Anna-Karina schüttelte sich ungläubig und betrachtete sich im Rückspiegel. „Mein liebes Ich, hast du wirklich keine anderen Sorgen?"

# 6.

Auf dieses Wochenende hatte sie sich schon seit Tagen gefreut. Wolfgang übernachtete bei einem Kumpel aus seiner Jahrgangsstufe, Theresa besuchte ihren Vater und Rüdiger war rechtzeitig von einer Dienstreise zurückgekehrt.

Endlich hatten sie wieder ein paar Tage nur für sich.

Doch irgendwie konnte sie die Zweisamkeit nicht genießen. Die vertraute Intimität wollte sich einfach nicht einstellen.

Lag es an Rüdiger, der fahrig und abgespannt wirkte, oder lag es an ihr selbst? Hatte sie zu viel gearbeitet und sich mit zu vielen Dingen beschäftigt, die sie gedanklich nicht ablegen konnte?

Anna-Karina wusste es nicht. Sie wusste nur, dass sie in den letzten Nächten immer nur von einem Mann geträumt hatte; einem Mann, dem sie erst dreimal bewusst begegnet war, von dem sie nichts wusste außer seinem Namen und der viel zu alt für sie war: Dr. Winand Wielandt.

Rüdiger war der Mann an ihrer Seite und er würde der Mann an ihrer Seite bleiben. Damit würde sich nach vielen Jahren endlich erfüllen, was sie beide sich schon in der Schulzeit erhofft hatten.

Daran würde die aktuelle Verstimmung nichts ändern. Auch wenn sie nicht miteinander stritten, waren sie angespannt und mit vielen Dingen beschäftigt, nur nicht mit sich selbst.

„Was ist mit dir?", hatte Rüdiger gefragt.

„Nichts", hatte sie schmallippig geantwortet. „Es ist alles in Ordnung. Ich bin nur ein wenig im Stress. Die Kinder, die Arbeit, der Haushalt."

Und auch ihre Frage, was mit ihm sei, hatte er einsilbig mit „Nichts" beantwortet.

Danach hatten sie sich am Freitagabend lange angeschwiegen. Traute Zweisamkeit auf der Couch sah anders aus.

Vielleicht würde die Laune besser werden, wenn sie einen Ausflug zum See machten, hatte Rüdiger am Samstagmittag vorgeschlagen, nachdem sie nach einem stummen Frühstück missgelaunt ihre Einkaufstour in einem Supermarkt erledigt hatten. Der Spaziergang an der frischen Luft würde vielleicht die miese Laune vertreiben. Sie würden das Gewässer einmal umrunden und dann auf der Terrasse des Restaurants speisen. Danach, so hofften beide, wären sie vielleicht in der Stimmung, doch wieder zärtlich miteinander zu sein.

Tatsächlich besserte sich ihre Laune, sie konnten über sich lachen und Anna-Karina konnte Rüdiger sogar ohne Zaudern einen herzlichen Kuss geben.

Sie würden bestimmt einen schönen Nachmittag und damit noch das kinderfreie Wochenende genießen können.

Es hätten harmonische Stunden werden können, wenn nicht das passiert wäre, womit Anna-Karina am allerweinigsten gerechnet hatte.

Als sie zur Seite blickte, erkannte sie am anderen Ende der Terrasse Winand. Er schien mit dem Rennrad an den See gekommen sein, wie sein gelbes Trikot verriet, in dem er an einem Tisch Platz genommen hatte. Immer wieder blickte sie fast schon zwanghaft in seine Richtung, und zugleich bemüht, das Gespräch mit Rüdiger nicht zu unterbrechen.

Ihr Freund wollte mit ihr über die Schwierigkeiten beim Umbau des gemieteten Hauses sprechen, doch sie war mit den Gedanken nicht bei der Sache.

„Was ist?", fragte Rüdiger schließlich genervt. „Was ist für dich so interessant, dass es wichtiger ist als unser gemeinsames Nest?"

Er folgte Anna-Karinas Blick und kam zu der ihn verblüffenden Erkenntnis, dass sie unentwegt zu dem alten Mann im Radsportdress schaute.

„Ist dieses Männlein etwa das Objekt deiner Begierde?", feixte er. „Oder warum bist du so neugierig?"

„Quatsch", antwortete Anna-Karina. „Der Mann kommt mir irgendwie bekannt vor. Ich weiß nur nicht, woher ich ihn kenne", sagte sie mit nachdenklichem Gesichtsausdruck.

„Okay." Rüdiger machte Anstalten, sich zu erheben. „Dann gehe ich zu ihm hin und frage ihn, ob er dich kennt. Dann haben wir Klarheit und du kannst dich beruhigt wieder unserer Zukunftsplanung widmen. Einverstanden?"

„Bleib!" Anna-Karina bremste ihn. Sie kniff verstört die Augen zusammen, als sich eine junge, schlanke Frau mit einem blonden Pferdeschwanz, ebenfalls in einem gelben Trikot gekleidet, an den Tisch von Winand setzte. Anna-Karinas Herz schlug schneller. Was hatte das zu bedeuten?

„Tja, das war's dann wohl mit deinem neuen Freund. Da ist die Freundschaft schon beendet, bevor sie überhaupt beginnen kann", meinte Rüdiger mit einem süffisanten Lächeln. „Der alte Sack steht wohl auf junge Frauen. Und die Zuckerperle ist ja wohl noch ein ganzes Stück jünger als du. Da bleibt dir nichts anders übrig, als weiter mit mir Vorlieb zu nehmen."

„Blödmann", fauchte Anna-Karina, die immer wieder ihren Blick zu dem entfernten Tisch richten musste.

„Wahrscheinlich gehören die zu einer Radfahrer-truppe."

„Die aus zwei Personen besteht", lästerte Rüdiger unverhohlen. „Ein alter Kerl und seine junge Gespielin." Auch er schaute immer länger zu dem ungleichen Paar, das sich angeregt und gut zu unterhalten schien.

„Die kennen sich nicht erst seit gerade", meinte er überflüssig feststellen zu müssen. „Der hat die Kohle und die die Reize. Die beiden Turteltäubchen haben was miteinander, bestimmt."

Anna-Karina konnte nicht widersprechen. Das war offensichtlich. Immer wieder legte die Frau ihren Arm auf den von Winand, Winand ließ sie bereitwillig von seinem Essen probieren. Geradezu genüsslich trank sie aus seinem Glas.

„Interessant, was sich so alles auf der Terrasse eines Restaurants abspielt", feixte Rüdiger. „Ich würde wetten, das Essen ist nur das Vorspiel für die beiden ungleichen Turteltäubchen. Gleich geht es ab nach Hause und dann bestimmt sofort ins Bettchen."

Wieder pochte Anna-Karinas Herz kräftig. Allein die Vorstellung verärgerte sie.

Endlich erhob sich Winand. Groß und schlank wirkte er, das enganliegende Trikot ließ keinen Bauansatz erkennen. Die nackten, gebräunten Beine steckten in Rennradschuhen, in denen er zu den Fahrradständern mehr stolperte als ging.

„Ein richtiger Hagestolz", lästerte Rüdiger. „Der macht einen auf jung, obwohl der schon fast in der Kiste liegt. Der hat die Zukunft schon hinter sich."

„Der ist sportlich, fit und gesund. Nicht so ein Couchfanatiker mit Wampe, so wie du." Anna-Karina sah sich veranlasst, Winand zu verteidigen. Doch ärgerte sie sich über sich selbst und ihr heftiges Einstehen für den Mann, als sie sah, wie die attraktive Blondine ihre Arme um seinen Hals schlang und ihm einen Kuss auf die Wange gab.

Winand hielt die Frau eng an sich geschlungen, als sie sich entfernten.

„Noch Fragen?" Rüdiger grinste. „Bin gespannt, ob die Tussi heute noch den Notarzt rufen muss, weil sich der Alte übernimmt, wenn er sie besteigt."

„Du bist unmöglich", schalt ihn Anna-Karina. Schon der Gedanke, Winand könnte mit dieser Frau die Nacht verbringen, machte sie wütend. „Ich will nicht mehr. Lass uns gehen!"

# 7.

Das Bild der Frau wollte einfach nicht aus seinem Kopf verschwinden. Ihre Haare, ihre Augen, ihre harmonischen Gesichtszüge hatten Eindruck hinterlassen und sich im Gehirn eingebrannt. Ihre einfache Kleidung aus Bluse, Jeans und Stiefel ließen keine Schlüsse auf ihre Figur zu. Ob schlank oder moppelig, das war nicht zu erkennen. Das war ihm aber auch egal. Ihre fließenden Bewegungen, ihre leicht kehlige Stimme, ihr helles Lachen hatten etwas Ungewöhnliches an sich. Wer war sie? Und wie alt würde sie sein?

Sie hatte eine Familie zu ernähren, hatte sie gesagt. Sie arbeitete unter anderem selbstständig als Fotografin. Aber wo wohnte sie? Wie lebte sie?

Das interessierte ihn und hatte ihn dennoch nicht zu interessieren, denn diese Frau würde für ihn unerreichbar bleiben, weil er es wollte. Aber zugleich wollte er sie sehen, mit ihr sprechen, mit ihr Zeit verbringen. Er freute sich auf die Vernissage im Schloss, bei der er sie treffen würde.

Ob Winand tatsächlich ins Schloss kommen würde? Einerseits wäre sie froh gewesen, wenn sie ihn nicht wiedersehen würde nach der eindeutigen Beobachtung am See. Entweder war Winand in festen Händen oder er war ein Schürzenjäger. Außerdem hatte sie Rüdiger, was sollten also jedwede Gedanken an Winand? Andererseits konnte sie diesen Dr. Winand Wielandt nicht vergessen. Immer noch bestimmte er ihre Gedanken und Träume, selbst wenn sie mit Rüdiger im Bett lag. Der Mann wirkte so warmherzig und liebevoll, aber zugleich geheimnisvoll. Er sah verdammt gut aus für sein Alter. Mindestens 63 dürfte er sein, wenn sie seiner Angaben

glauben durfte. Groß, schlank, sportliche Figur, kurzgeschnittenes graues Haar, Gesichtszüge, die an griechi-
sche Götter erinnerten. War er verheiratet? Hatte er
Kinder?

‚Ich werde ihn fragen!‘, nahm sich Anna-Karina vor, als
sie mit ihrer Fotoausrüstung bepackt vom Parkplatz zum
Ausstellungsort ins Schloss stapfte.

Kam sie etwa nicht? Sie hatte doch angeblich den Auftrag, hier Fotos zu machen. Winand schaute sich su-
chend um. Im Trubel vieler wichtiger Menschen und sol-
cher, die meinten, wichtig zu sein, konnte er die Fotografin nirgends entdecken. Den wenigen, die ihm grü-
ßend zuwinkten, nickte er zu, ohne zu wissen, wer sie
waren oder wie sie hießen. Nicht nur er glaubte, vergessen zu sein, er selbst hatte die Menschen in seiner Stadt
zum großen Teil vergessen. Er hatte sich in seinen Bau
zurückgezogen wie ein Bär zum Winterschlaf, aus dem
ihn nicht der Frühling weckte, sondern eine Frau, die
ihm wie der Frühling vorkam.

Der Zeitpunkt, an dem der Galerist die Gemäldeausstel-
lung „Fünf Frauen und die Liebe" mit Werken von fünf
aktuellen und ehemaligen Absolventinnen der international gerühmten Kunstakademie eröffnen würde, rückte
immer näher. Die Besucher, die sich mit dem Sektglas in
der Hand im großen Saal drängten, warteten schon auf
den Beginn.

Entschuldigend schob sich Winand durch die Reihen. Er
war von der Menschenmenge in die Mitte des Raumes

getrieben worden und versuchte nun, wieder in Richtung des Eingangs zu gelangen. Im Saal hatte er die Fotografin nicht ausfindig gemacht. Sie musste also durch die Tür treten, wenn sie denn tatsächlich kommen würde.

Oder hatte sie den Termin abgesagt, weil ihr etwas dazwischen gekommen war? Bloß nicht, sagte er sich. Das durfte nicht sein.

Sein Blick hellte sich auf, als er sie endlich in Begleitung einer elegant gekleideten Frau erkannte, die heftig auf sie einredete.

„Du läufst hier rum, als wolltest du einen Komposthaufen umsetzen", schimpfte Christina mit ihrer Freundin. „Wir sind hier bei der wichtigsten Vernissage des Jahres, und du kreuzt in Alltagsklamotten auf. Das geht gar nicht!"

„Du siehst doch, dass das geht", konterte Anna-Karina. „Ihr habt euch alle rausgeputzt, dass mir schlecht wird. Hauptsache schick und teuer. Damit die eine auf die andere neidisch wird und jeder Schlipsträger noch mehr glänzt als der Nachbar. Scheiß bourgeoises Getue. Das kotzt mich an!" Anna-Karina fuchtelte mit der Kamera umher. „Wie soll ich hier vernünftige Fotos hinkriegen? Kannst du mir das bitte verraten? Die Nachwuchskünstlerinnen biedern sich irgendwelchen Fuzzis an, der Galerist steht ohnehin alle Naselang in deinem Kulturteil und die angeblichen Promis unsere Stadt sorgen nur für Ärger, wenn nicht sie, sondern ihre ärgsten Feinde abgelichtet sind."

„Du wirst das schon machen", sagte Christina aufmunternd und ausweichend zugleich. Ihr schweifender Blick hatte den adeligen Hausherrn erkannt und sofort erwachte die Kulturredakteurin in ihr. „Herr Graf von Burgecken, darf ich Sie etwas fragen?" Ohne sich weiter um Anna-Karina zu kümmern, eilte sie beflissen dem Adeligen entgegen.

„Dumme Kuh!", schimpfte Anna-Karina mit finsterem Blick hinter ihr her.

Sie stoppte in ihrer Bewegung, als sie den in einem leichten, hellen Sommeranzug mit einem dunklen Hemd seriös gekleideten, grauhaarigen Mann erkannte. Ihr Blick hellte sie urplötzlich auf.

Winand war doch gekommen!


Er winkte ihr zu.

Spontan winkte sie freudestrahlend zurück. Sie deutete auf ihre Kamera, danach auf ihre Armbanduhr, dann streckte sie einen Finger in die Luft.

Er verstand sofort und nickte zustimmend: Die Fotografin würde in einer Stunde mit ihrer Arbeit fertig sein und dann Zeit für ihn haben.

Sekunden später war sie aus seinem Blickfeld verschwunden und blieb für ihn unentdeckt, obwohl er sich fast die gesamte Stunde im großen Saal nach ihr umschaute. Die launischen Begrüßungsworte des Hausherrn überhörte er ebenso wie die langatmige Lobeshymne des Galeristen auf die talentierten Künstlerinnen und die einführenden, nach seiner Auffassung nichtssagenden Worte eines ihm unbekannten Kunstprofessors in das Werk der Ausstellenden, die es nicht wert waren als Stellungnahme der Kunstakademie gewertet zu werden..

Wie er nicht anders erwartet hatte, strebten die Besucher nach den Eröffnungsreden schnell auseinander ins Freie, um im ausnahmsweise geöffneten privaten Teil des Schlossparks miteinander in kleinen Gruppen zu plaudern.

Winand hatte endlich Zeit und Muße, sich den einzelnen Exponaten zu widmen. Aber schnell wandte er sich wieder von den Bildern ab, um sich ausschließlich den Gemälden einer bestimmten Künstlerin zu widmen.

„Schön, Sie zu sehen", hörte er die kehlige Stimme hinter sich.

„Die Freude ist ganz meinerseits", entgegnete er zufrieden, während er sich langsam umdrehte.

Die Frau hielt ihren Fotoapparat vors Gesicht und lichtete ihn mehrmals ab.

„Wollen Sie die Gemälde fotografieren oder mich?", fragte er belustigt.

„Die Gemälde soll ich, Sie will ich ablichten", antwortete sie lachend.

Sie näherte sich, und er konnte gar nicht anders, als sie zu umarmen.

Er genoss ihre Nähe und ihr Parfüm. Sein Rasierwasser betörte sie.

„Dann haben Sie jetzt also Zeit für ein Glas Sekt", meinte er, nachdem er sich sanft aus der Umarmung gelöst hatte. „Oder?"

Sie kam nicht dazu, ihm zu antworten. „Mit Ihnen immer", hatte sie sagen wollen.

Der Graf eilte auf sie zu, schaute an Anna-Karina vorbei und packte Winand an den Schultern. „Wiwi, du lebst ja tatsächlich noch. Ich hatte schon befürchtet, du seiest von uns gegangen."

„Keine Sorge, meine Zeit ist noch nicht abgelaufen", entgegnete Winand kühl.

„Ich wusste gar nicht, dass du dich für Kunst interessierst", stichelte der Adlige. „Oder bist du nur gekommen, um einmal in meiner Gegenwart ein vernünftiges Getränk schlürfen zu dürfen?"

Anna-Karina wunderte sich, dass der Graf den ungefähr gleichaltrigen Winand duzte. Im Vergleich zum eleganten, sportlich-schlanken Winand wirkte der Graf behäbig und übergewichtig. Darüber täuschte auch nicht dessen dunkler Maßanzug hinweg.

„Ich interessiere mich schon für Kunst, das weißt du ganz genau. Aber das, was hier ausgestellt wird, ist keine Kunst, wenn ich einmal von den Werken von Alvera Rallunira absehe. Die anderen vier vermeintlichen Künstlerinnen sind talentfreie Eintagsfliegen, die neureichen Kunstmäzenen das Geld aus der Tasche ziehen und die damit die Taschen der dreisten Galeristen füllen", sagte Winand seelenruhig, und Anna-Karina wunderte sich noch mehr. Fast dieselben Worte hatte der Galerist zu ihr über die Künstlerinnen gesagt, als sie für ihn die Gemälde für den hochwertigen Kunstkatalog zur Ausstellung fotografiert hatte. Christina hatte die Texte dazu verfasst.

Winand zeigte auf die Wand hinter sich, an der die Werke der von ihm genannten Malerin hingen. „Wenn ich dem Grafen eine Empfehlung für seine Gemäldesammlung geben würde, würde ich ihm diese Gemälde ans Herz legen."

„Wiwi, es reicht, wenn ich den Saal zur Verfügung stelle, da muss ich nicht auch noch so ein Stück bemaltes Papier kaufen." Der Graf zeigte auf ein Gemälde. „Das kostet schlappe 7500 Euro. Und die beiden Bilder daneben sind sogar unverkäuflich. Die hat der Galerist selbst nur als Leihgabe von der Malerin beziehungsweise dem Eigentümer bekommen. Ich selbst würde keinen einzigen Cent dafür ausgeben, da mache ich mir lieber eine Kopie auf meinem Farbdrucker", lästerte er. „Aber das sind nach Ansicht der so genannten Experten angeblich die absoluten Highlights der Ausstellung."

„Nicht angeblich, mein Lieber, sondern das sind tatsächlich die absoluten Highlights der Ausstellung", entgegnete Winand streng und Widerspruch ausschließend. „Da gebe ich den so genannten Experten uneinschränkt recht."

Die beiden von Winand gemeinten Bilder waren Anna-Karina schon bei der Arbeit zum Katalog aufgefallen. Sie wirkten oberflächlich betrachtet unspektakulär. Alvera Rallunira hatte Augen gemalt. Erst bei näherem Hinschauen erkannte der Betrachter die Stimmung in den Augen. Das eine Werk wirkte eher betrübt, das andere freundlich.

Wie der Galerist behauptet hatte, seien für diese Bilder schon sechsstellige Summen geboten worden. Er wisse nicht, wer Eigentümer sei. Die Künstlerin hätte sie von dem ihm Unbekannten für die Ausstellung ausleihen können, hätte aber nur verraten, dass sie im Privatbesitz eines Freundes seien.

„Was machen Sie eigentlich hier?" Erst jetzt schien der Graf die Frau neben Winand zu bemerken. „Haben Sie nichts zu tun? Sie sind doch wohl zum Arbeiten hier, wenn ich mich nicht irre. Knipsen Sie gefälligst Ihre Bilder und lauschen Sie nicht ungebeten einem Gespräch unter Männern!"

Herablassend schaute der Graf auf Anna-Karina. Mit der Hand deutete er herrisch winkend an, sie solle verschwinden.

„Arnulf, du bist und bleibst ein arrogantes Arschloch", sagte Winand in einem Ton und einer Ausdrucksweise, die Anna-Karina ihm nicht zugetraut hätte. „Frau Braucks ist nicht nur die Dokumentarin der Vernissage und maßgebliche Autorin bei der Erstellung des Katalogs, sie ist heute in erster Linie meine charmante und attraktive Begleiterin."

Leicht legte er der Frau die Hand auf das Schulterblatt und schob sie sanft in seine Richtung.

Die Fotografin genoss die unerwartete, zärtliche Berührung.

„Komm, Anna-Karina, lass uns gehen. Ich lad' dich zu einem Kaffee ein."

„Ist ja gut", beschwichtigte der Graf. „Das konnte ich ja nun wirklich nicht wissen. Sonst turnst du ja immer alleine herum." Er grinste zuerst verlegen, dann dreistfrech.

„Passen Sie gut auf sich auf, junge Frau. Wiwi hat es faustdick hinter den Ohren. Überlegen Sie es sich gut, ob sie sich auf ihn einlassen."

„Penner!", fauchte Winand.

„Selber Penner", entgegnete der Graf spontan und wenig aristokratisch. „Ich ruf dich an, Wiwi."

„Arni, das hat du uns bei unserem letzten Treffen auch schon gesagt, und das ist mindestens zwei Jahre her." Winand verstärkte den Druck auf Anna-Karinas Schultern.

„Komm, lass uns endlich verschwinden! Ich halte diesen gräflichen Mief nicht länger aus."

# 8.

Musste sie verstehen, was sich da vor ihren Augen abgespielt hatte? Anna-Karina war verwirrt. Fragen über Fragen hatten sich in ihrem Kopf angesammelt. Es wurden immer mehr.

Auf eine fand sie selbst die Antwort, wie bei der Frage nach dem „Wiwi", mit dem Winand von dem Grafen angesprochen worden war. „Wiwi" war wohl der Neckname von Winand Wielandt gewesen, was Winand sofort bestätigte.

„Tu dir keinen Zwang an", munterte Winand sie auf, als sie im gut besuchten Schlosscafé in einer Nische saßen und auf die Bedienung warteten. „Frag mir ruhig Löcher in den Bauch."

„Woher kennst du meinen Namen?" Das Duzen ging Anna-Karina leicht über die Lippen. Wenn Winand sie ungefragt und ungeniert duzte, brauchte sie keine Hemmungen zu haben. Im Gegenteil. Sie betrachtete das gegenseitige Duzen als eine Verstärkung ihrer Verbundenheit. Es war ehrlich und nicht nur eine dahingesagte Anrede. Winand hatte sie ganz bewusst und mit Überzeugung geduzt.

„Ich lese Zeitung", antworte er knapp. „Und wenn ich dann beim Foto zum letzten Sinfoniekonzert als Vermerk deinen Namen lesen, weiß ich ja, wie du heißt, Anna-Karina Braucks. Oder?"

Winand freute sich, dass Anna-Karina wie selbstverständlich ins gegenseitige Duzen eingestiegen war. Da brauchte er keine komplizierten Klimmzüge anzustellen, um vom förmlichen Siezen abzukommen.

Er wusste inzwischen noch viel mehr von ihr. Aber er würde sein Wissen für sich behalten, wenn sie nicht ausdrücklich danach fragte oder davon berichtete. Das Internet hatte ihm viele Informationen verschaffte, nachdem er in einer Suchmaschine ihren Namen eingegeben hatte.

„Ich bin wirklich eine dumme Kuh", sagte Anna-Karina lachend. „Darauf hätte ich ja wohl selbst kommen können. Aber der Verstand rostet langsam ein, wenn man zu viele andere Dinge um die Ohren hat."

Winand hätte es sich leicht machen und mit einer eigenen Frage die Gesprächsführung übernehmen können. Die Fotografin hatte ihm den Ball zugespielt, den er sofort zurückspielen könnte, indem er sie fragen würde, was sie mit den anderen Dingen meinte. Aber er hielt sich zurück und dankte mit einem freundlichen Lächeln der Serviererin, die ihnen die Erdbeertorte und die Kaffeekännchen an den kleinen Tisch auf der Terrasse mit Blick in den Park gebracht hatte.

„Winand, wie kommst du eigentlich dazu, mich als deine Begleiterin auszugeben?"

„War es dir etwa unangenehm?", fragte er stirnrunzelnd zurück. „Dann möchte ich mich in aller Form entschuldigen."

Nein, es war ihr nicht unangenehm gewesen. Und eine Entschuldigung war auch nicht angebracht. Sie hatte sich geschmeichelt gefühlt und genoss die Bemerkung ebenso, wie sie die Umarmung oder das leichte Führen durch ihn genossen hatte. Winand strahlte Vertrautheit aus, gab ihr Halt, den sie dringend nötig hatte. Rüdiger war nicht immer die Hilfe, die sie brauchte.

Aber über ihre private Situation wollte sie nicht reden. Das Wehklagen hätte Winand vielleicht verprellt. Außerdem wusste sie nur Winzigkeiten über diesen Mann; viel zu wenig, um ihn vollends zu einem Vertrauten zu machen.

„Ich fand es unverschämt, wie Arnulf dich behandelt hat. Als seiest du ein Lakai, eine Hilfskraft, nicht seiner Gegenwart würdig", fuhr Winand fort, ohne auf Anna-Karinas Antwort zu warten. Er lächelte die Frau an. „Und ich fand es ganz toll, ihn zu maßregeln und dich als meine Begleiterin ausgeben zu können." Seine warmen Augen schienen sie zu durchdringen.

„An dich als meine Begleiterin könnte ich mich gewöhnen."

Mit welcher Leichtigkeit und Selbstverständlichkeit er Bemerkungen als Komplimente äußerte, schmeichelte ihr. Aber es würde bei Komplimenten bleiben, da war sie sich sicher.

„Wiwi, wieso duzt du den Grafen?" Unvermittelt wechselte sie zur nächsten Frage.

Winand lächelte milde. „Zunächst eine Bitte, nenne mich nicht Wiwi. Das ist ein unmöglicher Spitzname. Ich möchte das nicht. Okay?"

„Okay." Anna-Karina akzeptierte seine Bitte. Daran sollte es nicht scheitern.

„Also. Ich kenne Arnulf seit Kindestagen. Wir haben die Jugend miteinander verbracht, uns geprügelt und verstanden, in der Schule voneinander abgeschrieben und zeitweise als Teenager den gleichen Mädchen nachgestellt. Dass er aus einer adeligen Familie stammte, hat für mich und unserem gemeinsamen Freund nie eine Rolle gespielt. Das Schloss war für mich ein Zuhause, wie mein Elternhaus eines für Arnulf war." Winand schaute sinnierend in seine Kaffeetasse. „Im Laufe der Jahre ist aus der Jugendfreundschaft eine Verwandtschaft unter Erwachsenen geworden."

„Wieso?"

„Arnulf hat vor knapp 35 Jahren meine Cousine geheiratet. Jetzt sind wir quasi um tausend Ecken irgendwie miteinander verwandt und leben doch in unterschiedlichen Welten." Man gehe halt seine eigenen Lebenswege und könne nicht immer alte Verbindungen pflegen. Winand zuckte beiläufig mit den Schultern. Sein Blick hatte wieder etwas Melancholisches, als bedauere er rückblickend die Entwicklung.

Die Augen!

Anna-Karina war wieder von ihnen gefangen genommen. Sie waren so ausdruckstark. Sie konnten Trauer ausdrücken, Freude, Zweifel und Zuversicht, sie schauten sie so liebevoll an und waren Momente später Ausdruck der Müdigkeit und der Enttäuschung. Irgendwie erinnerten Winands Augen an die Gemälde von Alvera Rallunira, und jetzt verstand Anna-Karina, worin die Qualität in deren Gemälden bestand. Sie spiegelten solche Augen wie die von Winand, und nur, wer diese Veränderungen spürte, konnte den inneren Wert der Bilder verstehen. Alvera Rallunira stellte in den beiden unverkäuflichen Werken abstrakt die Wechselhaftigkeit von Augen dar, die ihr Winand in der Wirklichkeit bot.

Das war tatsächlich Kunst und nicht oberflächliche Alltagsmalerei. Jetzt hatte sie endlich dank Winand verstanden, was ihr der Galerist nicht hatte vermitteln können.

„Ist was?" Höflich unterbracht Winand ihre Gedankengänge.

„Nein. Ich musste mich nur sammeln." Sollte sie ihm sagen, dass sie als Begleiterin nichts taugte? Sie unterließ es. „Wieso sagt dein adliger Verwandter eigentlich, dass du immer alleine rumturnst?"

Winand ließ sich Zeit mit seiner Antwort. Langsam trank er einen Schluck Kaffee und setzte die Tasse vorsichtig wieder ab.

„Ich wüsste nicht, mit wem ich herumturnen könnte, um es mit diesem Begriff auszudrücken. Ich bin immer allein unterwegs, weil ich keinen habe, der sich an meiner Seite sehen lassen will", sagte er bedauernd.

Stimmt nicht ganz, wollte Anna-Karina schnell widersprechen. Was war denn am See gewesen? Da war Winand nicht allein. Vielmehr war das Gegenteil der Fall gewesen. Da hatte er die attraktive Blondine derart im Klammergriff gehabt, dass jeder denken musste, sie seien ein Liebespaar.

Anna-Karina wusste nicht, wie sie fragen wollte. Zum einem wollte sie nicht zu erkennen geben, dass sie Winand beobachtet hatte, zum anderen hatte er sich wohl nicht richtig ausgedrückt, als er davon sprach, er sei immer alleine unterwegs. Die Begegnung am See war eindeutig gewesen.

„Hast du eigentlich eine Tochter?", fragte sie.

„Nein." Winand schüttelte fragend den Kopf. In seinen Augen flackerte Verunsicherung. „Anna-Karina, wie kommst du darauf?"

Das immer lauter werdende Handy in ihrer Beuteltasche erlaubte es der Fotografin, sich vor der Antwort zu drücken. Entschuldigend grinste sie Winand an, während sie nach der Lärmquelle kramte.

Inzwischen blickten schon die Gäste empört von den Nachbartischen auf sie. Das „Highway to Hell" hatte eine Lärmstufe erreicht, die durch das gesamte Schlosscafé dröhnte.

Hastig drückte Anna-Karina auf den Annahmeknopf.

„Christina, was ist?", fragte sie. Sie spielte mit einer Hand im Haar, während sie konzentriert zuhörte. „Okay", sagte sich schließlich entschlossen. „Ich bin schon unterwegs."

Sie schaute Winand bedauernd an. „Ich muss mein Verhör leider abbrechen. Die Redaktion wartet auf mich. Es gibt Probleme mit den Fotos. Irgendwie hat die Übertragung nicht geklappt. Ich muss sie dort auf den Rechner laden." Anna-Karina erhob sich schnell.

„Hier meine Karte. Nur für den Fall, dass ich dir eine Datei mit deinem Foto schicken soll." Sie reichte ihm eine Visitenkarte, die er liebend gern annahm.

„Aber wir sehen uns auch wieder?" Winand wirkte zweifelnd.

„Bestimmt", antwortete Anna-Karina vergnügt. „Ich habe dir doch gesagt, dass ich das Verhör jetzt abbrechen muss. Das heißt im Klartext, dass ich es noch nicht beendet habe."

„Fortsetzung folgt also?"

„Gerne." Sie grinste und wunderte sich über ihre nächste Bemerkung. „Aber nur, wenn du mich zum Abschied noch einmal umarmst."

Winand hätte die spontane Umarmung am liebsten minutenlang beibehalten.

Aber Anna-Karina hatte es wirklich eilig. Winkend entfernte sie sich von ihm.

# 9.

„Hier!" Christina schob einen kleinen, weißen Briefumschlag über den Tisch.

„Was ist damit?", fragte Anna-Karina neugierig, während sie danach griff.

„Dein Zusatzhonorar für den Katalog zur Ausstellung im Schloss", antwortete Christina vergnügt. „Der Katalog ist ein richtiger Renner geworden. Wir haben nachdrucken müssen. Die Leute reißen uns das Ding geradezu aus den Händen."

„Warum?" Anna-Karina verstand nicht. Aber eigentlich sollte es ihr einerlei sein. Sie freute sich über die 500

Euro, die ihr die Freundin zugesteckt hatte. Gerne zeichnete sie den beigefügten Quittungsbeleg ab. Das war also die angenehme Überraschung gewesen, die Christina bei der Einladung zum Café-Besuch angekündigt hatte.

„Warum, fragst du?", antwortete die Redakteurin. „Alle Welt ist an den Fotos über die Augen-Bilder von Alvera Rallunira interessiert. Man kannte die Gemälde bisher nicht. Jetzt glaubt man, dass es ihre Erstlingswerke sind. Da will jeder Kunstfreund wenigstens die Fotografie haben, wenn er schon nicht das Original zu Gesicht bekommen kann."

„Hm." Anna-Karina wusste nicht, was sie davon halten sollte. „Ist das denn wichtig?"

Christina nickte heftig. „Für die Kunstfreunde und die Kunsthistoriker auf jeden Fall." Sie winkte ab. „Aber davon hast du Kunstbanause keine Ahnung." Morgen werde sie zeitgleich mit der Herausgabe der zweiten Auflage des Katalogs im Feuilleton einen Artikel veröffentlichen. „Das Geheimnis der Augen", werde die Überschrift lauten.

„Es wäre doch gelacht, wenn ich nicht herauskriegen würde, wer Eigentümer der Bilder ist", meinte die Journalistin elanvoll. „Alvera hält dicht und ist jetzt auf Tauchstation gegangen, nachdem der Rummel wegen des Katalogs eingesetzt hat."

„Das macht die Geschichte ja noch geheimnisvoller", spottete Anna-Karina. „Zwei Bilder, die voller Geheimnisse stecken, ein Eigentümer, der geheim bleibt, und eine Malerin, die sich an einem unbekannten Ort versteckt hat." Sie schob den Briefumschlag in ihren Beutel. „Wie gut, dass ich nichts damit zu tun habe, Ich bin ja nur die Knipserin."

„Die morgen wieder ein Zeitungshonorar einstreicht, meine Liebe."

„So?" Anna-Karina konnte sich nicht daran erinnern, dass noch ein bei ihr in Auftrag gegebenes Bild von einem Termin nicht abgedruckt worden war. Nach ihrer Liste gab es keine Außenstände. „Ich weiß zwar nicht, warum, aber immer her damit. Ich kann's gut gebrauchen."

„Du hattest doch nach der Vernissage deine Bilder auf unseren Rechner hochgeladen", klärte Christina sie auf, „darunter ist auch eines, das Dr. Winand Wielandt zeigt, wie er ein Augen-Bild betrachtet. Dieses Foto ist optimal."

Warum ihr bei der Namensnennung ein heftiger Stich durchs Herz ging, wollte Anna-Karina besser nicht hinterfragen.

„Das geht nicht", sagte sie schnell. „Ich glaube nicht, dass der Doktor mit einer Veröffentlichung einverstanden ist. Ich habe es eigentlich nicht für die Zeitung gemacht."

„Unfug." Christina wischte ihre Bedenken zur Seite. „Der Mann ist Besucher der Ausstellung und rein zufällig auf dem Foto. Da brauche ich den nicht um Erlaubnis zu fragen." Sie grinste ihre Freundin frech: „Oder ist es dir etwa peinlich?"

Wenn sie ehrlich sein sollte, hätte Anna-Karina die Frage bejahen müssen. Ja, es war ihr in der Tat peinlich. Eine Veröffentlichung zerstörte ihr Geheimnis, ihre flüchtig-innige Beziehung zu diesem charmanten Mann, von dem sie immer noch nicht viel mehr wusste, als dass er Dr. Winand Wielandt hieß und der sie offenbar sympathisch fand.

„Ja, ja, Dr. Winand Wielandt", sagte Christina bedächtig. „Das ist schon ein interessanter Mann." Anscheinend konnte sie Gedanken lesen. „Du bist offen wie ein Buch, Anna-Karina", lachte sie. „Kaum habe ich den Namen genannt, zieht dir die Röte ins Gesicht wie bei einem verknallten Teenie bei der ersten großen Liebe seines Lebens."

„Quatsch!", brauste Anna-Karina auf. „Der Mann interessiert mich nicht. Aber wenn er dich interessiert, kann ich dir gerne einiges über ihn sagen, was du garantiert noch nicht kennst."

„Lass hören!" Christina forderte ihre Freundin mit einer aufmunternden Geste auf. „Was kannst du mir Interessantes über diesen Mann sagen, der dich überhaupt nicht interessiert?"

„Er ist mindestens 63 Jahr alte, hat eine rund 30 Jahre jüngere Freundin, fährt Rennrad und ist mit dem Grafen von wer-weiß-wie-der-heißt verwandt." Wütend griff Anna-Karina zur Kaffeetasse. „Glaubst du etwa, dass mich so ein alter Mann auch nur die Bohne interessiert?"

„Interessant." Christina ging auf Anna-Karinas Frage nicht ein. „Das mit der Freundin ist mir wirklich neu", sagte sie nachdenklich. „Alles andere ist wirklich kalter Kaffee."

„Ach nee." Anna-Karina war perplex. „Woher weißt du das?"

„Weil ich mich informiert habe, immerhin bin ich Journalistin und habe gelernt zu recherchieren. Aber du bist ja an meinen Informationen nicht interessiert. Oder etwa doch?"

„Schieß los! Wenn du mich hier schon zu Kaffee und Kuchen einlädst, kannst du mich auch ein wenig mit deinem Gelaber unterhalten."

Christina lachte. „Du verlierst ja immer mehr die Kontrolle, meine Liebe. Der Kerl ist dir wohl doch nicht einerlei." Sie stellte die Tasse ab, tupfte sich mit einem Tuch über die Lippen und schaute konzentriert zu Anna-Karina.

„Also, wie ich herausfinden konnte, ist Winand tatsächlich 63 Jahre alt, also genauso alt wie der Graf, mit dem er befreundet war. Sie haben gemeinsam das Abitur gemacht, dann gemeinsam Wirtschaftswissenschaften studiert, ehe sich ihre Wege trennten. Graf Arnulf hat die Verwaltung des Familienbesitzes übernommen und eine Cousine von Winand geheiratet. Winand hat eine Assistentenstelle an der Uni angenommen, seine Promotion abgelegt und ist dann ins Landesfinanzministerium gewechselt. Dort hat er eine steile Karriere bei den Steuerbehörden gemacht und war bis vor rund zehn Jahren als Steuerfahnder und Wirtschaftsprüfer Leiter der größten Abteilung des Finanzamtes, das sich mit

Wirtschaftskriminalität und Steuervergehen beschäftigt. Und dann", Christina schüttelte verständnislos den Kopf, „verliert sich von einem Tag auf den anderen seinen Spur. Doktor Wielandt hat den Dienst quittiert und sich zurückgezogen. Er war für einige Jahre verschwunden, ehe er in seine Heimatstadt, also nach hier zurückzog und ein Haus baute. Aber er hat sich fast nie in der Öffentlichkeit blicken lassen und sich nicht am gesellschaftlichen Leben beteiligt." Die Journalistin atmete durch.

„Ein Kollege aus der Wirtschaftsredaktion hat mich auf einen Skandal vor zehn Jahren beim Finanzamt aufmerksam gemacht. Da wurden einige Steuerfahnder für berufsunfähig erklärt und in den vorzeitigen Ruhestand geschickt. Allerdings gehörte Wielandt nicht dazu. Er soll wohl aus Protest gegen das Vorgehen von sich aus den Hut genommen haben. Vermutlich, so wurde damals gemunkelt, wäre die Abteilung einem gewaltigen Steuerbetrug auf die Schliche gekommen, an dem ein Weltkonzern aus unserer Region beteiligt war. Offenbar waren aber die Beziehungen des Konzerns zur Politik besser als die der steuerprüfenden Finanzbeamten. Jedenfalls zogen die Staatsdiener den Kürzeren. Die haben zu viel Dubioses herausgefunden, was die Politik gerne vertuschen wollte."

„Winand war der Chef der Abteilung?"

Christins schmunzelte zufrieden, weil Anna-Karina unwillkürlich den Vornamen genannt hatte. „So war es", bestätigte sie.

„Gibt es denn auch eine private Seite?", fragte Anna-Karina interessiert.

„Die wird es geben, aber sie ist uns nicht bekannt. Unser Archiv gibt nichts her und auch nicht das Internet", antwortete Christina bedauernd. „Ich weiß nur, dass er ein sehr guter Rennradfahrer gewesen ist, der aber wegen seines Studiums auf eine große Profikarriere verzichtete. Ob er geheiratet hat, verwitwet ist oder Familienvater, kann ich dir nicht sagen. Da müsstest du ihn selbst fragen."

„Warum sollte ich?" entgegnete Anna-Karina schnippisch.

„Weil der Jahrgang, zu dem Winand gehört, ein besondere ist. Das ist die Altersklasse meines Professors", antwortete Christina vergnügt. „Das wäre auch eine gute Partie für dich. Der täte dir dreimal besser als dieser Rüdiger."

„Unsinn. Rüdiger ist der Richtige für mich."

„Unsinn zurück. Lass es dir gesagt sein: Gib dem Kerl den Laufpass, egal, ob du dich Winand an den Hals wirfst oder nicht."

Selbstverständlich würde sie dem Ratschlag ihrer Freundin nicht folgen, da war sich Anna-Karina ziemlich sicher – obwohl ihr die Vorstellung, sich an den Hals von Winand zu werfen, gar nicht so übel vorkam.

Ihre Umarmungen waren zwar flüchtig gewesen, aber sie waren von Herzen gekommen. Das hatte sie sofort gespürt.

Bei Rüdiger spürte sie das nicht.

# 10.

*„Winand, warum antwortest Du mir nicht?" Anna-Karinas Botschaft, die sich auf dem Bildschirm angekündigt und die er geöffnet hatte, riss ihn aus seiner Erinnerung an ihre Begegnungen zurück.*

*Was sollte er Anna-Karina antworten? Konnte er überhaupt einen Kommentar abgeben zu der ihn schockierenden Nachricht: „Rüdiger hat mir eben einen Heiratsantrag gemacht"? Ihm fehlten schlichtweg die Worte, die Kraft und die Konzentration, die albtraumhafte Information zu verarbeiten und in der richtigen Form darauf zu erwidern. Oder sollte er besser schweigen?*

*Anna-Karina hatte lange gezögert. Selbstverständlich war es richtig, Winand von Rüdigers Antrag in Kenntnis zu setzen. Und dennoch. Bei aller Freude, die sie wegen dessen Antrags spürte, blieb das Unbehagen gegenüber Winand. Aber warum eigentlich? Es musste ihr doch ebenso wie Winand klar gewesen sein, dass sei einige schöne, harmonische Augenblicke verlebt hatten und sie sich gegenseitig sympathisch fanden und dass sich nicht mehr zwischen ihnen entwickeln konnte. Das musste Winand doch wissen. Und wenn er sich mehr von einer Beziehung zu ihr versprochen hatte, war das ausschließlich sein Problem, redete sie sich ein. Es war nicht ihres und es würde nicht ihres werden. Also. Statt zu zaudern oder sich gar Gewissensbisse zu machen, wollte Anna-Karina sich freuen. Es war endlich dazu gekommen, was sie immer erhofft hatte. Rüdiger wollte sie heiraten. Sie würde mit ihm den Schritt machen, den sie gemeinsam vor rund 30 Jahren schon gehen wollten, zu dem es aber nicht gekommen war. Damit war zugleich zwangsläufig verbunden, dass sie Winand aus ihrem Leben streichen würde. Weder in ihren Gedanken, noch in ihrem Alltag war Platz für den so viel älteren Mann. Auch wenn es ihr im Herzen wehtat, ihn zu einem Teil ihrer Vergangenheit werden zu lassen, war dies unvermeidlich. Winand würde für sie nicht mehr existieren, und er würde sie verstehen, nein, er hatte sie zu verstehen!*

*Sie wartete auf seine Entgegnung zu ihrer Nachricht: „Rüdiger hat mir eben einen Heiratsantrag gemacht." Sie war gespannt, wie er reagieren würde. Würde er sich mit ihr freuen? Oder würde für ihn eine Welt zusammenstürzen? ‚Ist nicht mein Problem', beteuerte sie sich einmal mehr.*

*Immer wieder unterbrach sie ihre Arbeit am Rechner, um auf seine Nachricht zu warten. Doch sie blieb aus. Heftig tippte Anna-Karina auf der Tastatur und schickte Winand eine zweite Mitteilung, obwohl nach ihrer ungeschriebenen Regel die Nachrichten wechselseitig versandt wurden, und er damit an der Reihe war.*

*Kaum hatte sie die Sendetaste gedrückt, bedauerte sie ihre Frage. Aber jetzt war sie in der Welt: „Warum antwortest Du nicht?"*

*„Warum antwortest Du nicht?"*

*Was und warum sollte er antworten? Würde seine Ant-*
*wort vielleicht irgendetwas ändern? Anna-Karina hatte*
*bekommen, was sie sich lange gewünscht hatte. Das*
*musste er akzeptieren. Auch wenn seine Meinung über*
*Rüdiger nicht die beste war, wobei er sich seine Meinung*
*nach den Schilderungen anderer und seinen eigenen*
*Schlüssen daraus gebildet hatte. Er selbst war dem*
*Mann nie begegnet. Er würde ihn nicht einmal auf der*
*Straße erkennen, wenn er vor ihm stand und ihn an-*
*sprach.*

*Sollte er Anna-Karina etwa antworten: „Schön für Dich"?*
*Wie sich das anhörte! „Schön für Dich!" Das hatte schon*
*etwas von einem Vorwurf. Schön für dich, aber nicht*
*schön für mich, so hätte die Folgerung sein können. Das*
*könnte Anna-Karina so verstehen, als wolle er ihr ein*
*schlechtes Gewissen einreden. Winand schüttelte sich.*
*Vielleicht war er für Anna-Karina tatsächlich nur eine Art*
*väterlicher Berater und ein Freund. Vielleicht bildete er*
*sich ein, dass da mehr zwischen ihnen wäre. Es gefiel ihm*
*nicht, sich an diesen Gedanken zu gewöhnen, nur der*
*Ratgeber zu sein, den sie jetzt nicht mehr brauchte, weil*
*sie jetzt dauerhaft einen neuen Mann an ihrer Seite*
*hatte.*

*Die Antwort „Schön für Euch" kam Winand plump vor.*
*Nichtssagend und sogar anmaßend, weil er sich dem un-*
*bekannten Rüdiger gegenüber so verhielt, als seien sie*
*per Du.*

*Das Duzen war Winand immer schwer gefallen, der rela-*
*tiv schnelle Wechseln in seiner Beziehung zu Anna-Karina*
*vom distanzierten Siezen auf die Form des Nähe oder*

Vertrautheit erweckenden Duzen war eine seltene Ausnahme gewesen, die für diesen Rüdiger nicht gelten sollte.

„Was sagen die Kinder?" Blöde Frage, wie Winand sich eingestand. Anna-Karinas Kinder standen vor dem Absprung aus der familiären Gemeinschaft. Sollte Anna-Karina noch ein, zwei oder drei Jahre mit einer neuen, festen Beziehung warten, nur weil ein Kind von ihr bekocht und bemuttert werden wollte? Wahrscheinlich wusste der Nachwuchs noch gar nichts von dem Antrag. Rüdiger würde ihn wohl erst gestellt haben, nachdem sich die Kinder auf den Schulweg gemacht hatten. Außerdem bedeutete der Heiratsantrag nicht, dass Anna-Karina morgen schon vor dem Standesbeamten stehen würde. Vielleicht würden ein paar Wochen oder Monate vergehen, bis aus dem Antrag eine Heirat wurde.

„Wann ist es denn so weit?" Noch so eine Frage, die Winand bescheuert fand. Die Frage kam ihm vor, als könne er es gar nicht erwarten, dass die beiden sich vermählten.

In seiner Unentschlossenheit trotz seiner Bereitschaft, etwas zu entgegnen, beließ er es bei einer Frage, mit der er Anna-Karina zu einer Erwiderung bewegen konnte. „Alles ist gut?", tippte er schnell und aktivierte die Sendetaste, um sich noch im gleichen Moment darüber zu ärgern, dass er die Frage losgeschickt hatte.

„Alles ist gut?", las Anna-Karina. Sie hatte sich auf Winands Antwort gefreut, doch mit dieser Entgegnung, die eine Frage war, hatte sie nicht gerechnet. Selbstverständlich war alles gut, dachte sie im ersten Moment. Was denn sonst? Sie setzte bereits zum Schreiben an. „Alles ist gut. Warum fragst Du?" Dann löschte sie ihre Sätze sofort wieder.

Eigentlich war alles gut, dachte sie sich. Sie ertappte sich dabei, dass sie an Winands Denkweise dachte, nach der etwas nicht ist, das nur eigentlich ist. Also war doch nicht alles gut. Sie wollte, dass alles gut war, und musste erkennen, dass es eigentlich doch nicht so war. Aber wie war es dann?

Die wenigsten Gedanken machte Anna-Karina sich wegen der Kinder. Sie würde einen passenden Moment finden, um ihnen die Neuigkeit mitzuteilen. Sie würden Rüdiger als Stiefvater akzeptieren, zum einen, weil er eh schon im Haus wohnte, wenn er denn nicht auf einer Dienstreise war, und dann im Ehebett schlief, zum anderen, weil sie ihre eigene Zukunft planten. Wolfgang würde schon bald ausziehen und ein Studium beginnen. Theresa war, quasi wie sie auch im Teenageralter, immer schon sehr selbstständig gewesen. Die Tochter musste an der langen Leine geführt werden. Sie hätte auch nichts daran gefunden, wenn ihre Mutter wechselnde Partner gehabt hätte. „Rüdiger ist okay", hatte sie unlängst einmal gesagt. Damit war das Thema für sie erledigt gewesen. Rüdiger würde Theresa in Ruhe lassen und sie würde sich nicht um ihn kümmern. „Das ist deine Baustelle, Mam, nicht meine", hatte die Tochter gesagt, als Anna-Karina ihr das erste Mal von ihrer wiederaufgenommenen Beziehung zu Rüdiger berichtete. Insofern war also alles gut und nicht nur eigentlich gut, dachte sich Anna-Karina.

Die Bekanntschaft mit Winand, mehr konnte es gar nicht sein, war gut. Wenn er davon sprach, sie als Frau täte ihm gut, war das vielleicht ein schönes Kompliment, mehr aber auch nicht – und vor allem nicht die Basis für eine tiefergehende Beziehung. Eine solche Beziehung konnte nicht sein, weil sie sie nicht wollte. Oder eigentlich nicht wollte? Warum träume ich dann von ihm?, fragte sie sich in ihren Gedanken. Warum freue ich mich auf jedes Treffen mit ihm? Warum bin ich so fasziniert von ihn, von seinen Augen, seinen Bewegungen, seiner Mimik, seiner Ausdrucksweise, seiner Art, mich zu behandeln? Nein! Das waren alles keine Gründe, mehr in der Bekanntschaft zu sehen als eine flüchtige, vorübergehende Zeiterscheinung.

Außerdem war Winand viel zu alt für sie mit seinen mindestens 63 Jahren. Komischerweise waren ihr in der letzten Zeit immer häufiger Paare aufgefallen, bei denen es große Altersunterschiede gab. Die grauhaarigen, in die Jahre gekommenen Männer waren oft Begleiter von Frauen, die viele Jahre jünger waren. Und die Paare wirkten nicht so, als seien Arbeitskollegen oder Parteifreunde unterwegs. Sie benahmen sich tatsächlich wie Liebespaare oder Paare, die eine innige Beziehung pflegten. Viele der Frauen hätten die Kinder der Senioren sein können, manche sogar die Enkel. Das war unmöglich und gegen die Natur; jedenfalls nach Anna-Karinas Auffassung. Allein die Vorstellung, ein über 60-Jähriger würde mit einer Mittzwanzigerin ein Kind zeugen, war ein Ding der

*Unmöglichkeit. Ihr könnte so etwas nicht passieren. Sie war zu alt, um noch Mutter zu werden, dachte sich Anna-Karina; sogar schon zu alt, um Tochter von Winand zu sein. Oder Winand wäre ungefähr als 15-Jähriger Vater geworden. Das war bei seinem Lebensweg aber unwahrscheinlich.*

*Sie würden also keine Ausnahme bilden, wenn ein Mann Anfang 60 mit einer Frau Ende 40 eine Liebesbeziehung eingingen. Eine derartige Partnerschaft wäre daher in ihrem Sinne nicht verwerflich. Aber es würde dazu nicht kommen. Sie hatte sich für Rüdiger entschieden, ohne überhaupt eine mögliche Alternative in Erwägung zu ziehen, weil sie gar keinen Gedanken an ein dauerhaftes Leben mit Winand verschwendete.*

*Je mehr sie darüber nachdachte, umso interessanter fand sie den Gedanken – rein theoretisch natürlich. Reizvoll war der Gedanke in gewisser Weise auch. War er auch gut? Anna-Karina wollte sich nicht festlegen. War es gut, sich für Rüdiger zu entscheiden? Bei Winand war sie ziemlich sicher, wie er die nächsten Jahre gestalten würden: ein Rentner, vom dem sie nicht viel wusste und bei dem das Private immer noch ein Geheimnis war. ‚Ich mag ihn‘, sagte sie sich, aber es war gut, sich von ihm zu lösen.*

*Nein, es war nur eigentlich gut, sich von Winand zu lösen. Am besten schnell, ohne Katzenjammer, kurz und ohne Diskussion. Eigentlich war das auch keine gute Idee, dachte sich Anna-Karina, aber wohl die einzig richtige, wenn sie an ihre eigene Trennungserfahrung mit Rüdiger dachte.*

*Diese erste Trennung hatte sich über Jahre schleichend entwickelt. Sie hatten beide an ihre Beziehung geglaubt und sie hatte zumindest auf andere Beziehungen verzichtet, bis sie dann gemerkt hatten, dass sie gar kein Liebespaar mehr waren. Dabei hatten sie ihre Beziehung allen elterlichen Widerständen zum Trotz begonnen und gepflegt. Anna-Karina war als jüngere Tochter eines Landarbeiters auf einem Bauernhof aufgewachsen. Ihre Mutter arbeitete als Verkäuferin in einem Supermarkt. Rüdiger hingegen war das Einzelkind eines Lehrerehepaares. Ihre und seine Eltern waren gegen die Beziehung, die sich im letzten Schuljahr anbahnte, gegen die sie aber nicht ankamen. Nach der Abifeier besiegelten Anna-Karina und Rüdiger ihre Partnerschaft mit einer Reise nach Paris, wo sie sich ewige Liebe schworen. Gemeinsam wollten sie die Zeit der unvermeidlichen Trennung überbrücken. Rüdiger studierte auf sanften finanziellen Druck der Eltern hin weit entfernt von der Heimat Betriebswirtschaft, Anna-Karina begann im Heimatort eine Lehre in einem Gärtnereibetrieb. Danach wollte sie ein Studium der Agrarwissenschaft bestreiten. Die Besuche von Rüdiger wurden immer seltener, die Telefonate kürzer, die Handy-Nachrichten floskelhafter. Anna-Karina hielt ihm die Treue und wies Verehrer zurück. Er hingegen schien es mit der Treue nicht so eng zu sehen. Zunächst fiel Anna-Karina eine irrgeleitete SMS in die Hände, die an eine andere Frau gerichtet war. Dann erfuhr sie, wie Rüdigers Eltern von der zukünftigen Schwiegertochter sprachen, die sie im Urlaub kennenlernen würden. Als Anna-Karina Rüdiger zur Rede stellen wollte, reagierte er kurz angebunden und ausweichend. Er würde sich melden, wenn er mehr Zeit habe, hatte er gesagt. Danach blieb er lange stumm und verschwand spurlos aus ihrem Leben. Ihr Schmerz war groß gewesen, mit größter Anstrengung schaffte sie ihren Lehrabschluss. Im Urlaub traf sie Johannes, der sie nicht nur tröstete, sondern auch überzeugte, gemeinsam mit ihm in Berlin zu studieren. Berufe in den Medien seien zukunftsträchtig, deshalb sei ein entsprechendes Studium optimal; also studierte Anna-Karina mit Johannes im Bereich Medien und Design. Sie ließen sich Zeit und genossen ausgiebig die studentische Freiheit. Erst als Anna-Karina Anfang 30 schwanger wurde, legten sie die Prüfungen ab und heirateten.*

*Nach zehn Jahren war die Scheidung unvermeidbar. Der Streit ums fehlende Geld und die unterschiedliche Aufassung über die Erziehung der Kinder führten zur Trennung. Anna-Karina erinnerte sich an ihre ehemalige Schulfreundin Christina, mit der sie immer in gelegentlichem Kontakt geblieben war und die in der misslichen Situation dafür sorgte, dass sie eine neue Bleibe und gelegentliche Jobs erhielt.*

*Dann trat Rüdiger nach über 20 Jahren wieder in ihr Leben. Er hatte sie gesucht und gefunden, zeigte Reue und bat sie um Verzeihung. Er sei geschieden, verdiene als Unternehmensberater gut und wolle für sie da sein. Anna-Karina fühlte sich wieder zu ihm hingezogen. Im letzten Jahr hatte er das Haus gemietet, in dem Anna-*

Karina mit den Kindern lebte und an dem Rüdiger nach seinen Dienstreisen meistens zurückkehrte. An drei von vier Wochenenden lebten sie wie eine Familie, das vierte Wochenende verbrachte Rüdiger in seiner Wohnung am Dienstsitz seines Arbeitgebers, um den Bürokram und die private Post zu sichten.

Und jetzt überraschte er sie mit diesem Heiratsantrag!

Alles war gut. Jedoch blieb ein Unbehagen bei Anna-Karina. Warum kam der plötzliche Antrag? Lag es daran, dass Rüdiger einen Nebenbuhler witterte? Jedenfalls hatte er sehr verstört auf das Foto in der Zeitung geblickt, das Christina zu ihrem Text über die Bilder von Alvera Rallunira gestellt hatte. Anna-Karina habe weniger die Bilder als vielmehr den alten Mann ablichten wollen, hatte Rüdiger abfällig gemeint und sich an die Situation mit dem Alten am See erinnert. Auch wenn er nicht darüber sprach, wirkte er deswegen verunsichert.

Anna-Karinas Unbehagen hatte noch einen anderen Grund. In der vergangenen Weihnachtszeit hatte sich Rüdiger nicht an ihre Planung gehalten. Er war zwar an Heiligabend mit etlichen Geschenken bepackt gekommen, am nächsten Morgen aber schon wieder gefahren, weil er etwas in seiner Wohnung zu erledigen hatte. Sein Versprechen, mit ihr zum Jahreswechsel einen Tanzball zu besuchen, musste er brechen. Am Tag vor Silvester entschuldigte er sich mit unerwarteter und unvorhersehbarer Mehrarbeit und einer unaufschiebbaren Dienstreise. Das müsse ihre Beziehung und ihre Liebe aushalten, hatte er streng gemeint.

Auf ihre Vorhaltung reagierte er äußerst barsch. Er sei es schließlich, der ihre Familie finanziell über Wasser halte, also müsse sie akzeptieren, dass es manchmal nicht so laufe wie geplant oder wie sie es wollte. Sie musste ihm recht geben: Rüdiger sorgte dafür, dass sie und die Kinder sorgenfrei über die Runden kamen. Ohne seine finanzielle Unterstützung könnten sie weder in dem Haus wohnen, noch könnten sie gemeinsame Urlaubsreisen machen.

Deshalb war es eigentlich gut, dass sie heirateten. Aber nur eigentlich.


„Alles gut?" Anna-Karina schwieg auf Winands Frage, was ihn verstörte. Warum antwortet sie nicht? Er stierte nachdenklich auf den Bildschirm, als käme von dort eine Erlösung. Hatte er ihr langes Schweigen so zu verstehen, dass sie nichts mehr von ihm wollte? Oder hatte er die falschen Fragen gestellt, auf die sie keine Antwort geben konnte?

Winand seufzte und entschloss sich, ebenfalls ihre ungeschriebene Regel zu brechen. Schnell flogen seine Finger über die Tastatur, nachdem er sich eine Frage ausgedacht hatte, die einfach zu bejahen oder zu verneinen war. Die Antwort würde er mit großer Anspannung erwarten.

„Hast Du den Antrag angenommen?", hatte er geschrieben.

Herzklopfend wartete er auf Anna-Karinas Erwiderung, die schnell kam und die ihm zusagte.

„Ich habe Rüdiger vertröstet, bis er am Wochenende von seiner Dienstreise zurück ist. Ich will erst mit den Kindern reden und sie vorbereiten." Anna-Karina war froh gewesen, dass Winand ihr diese Frage stellte, durch die sie Aufschub erhielt.

Lange brachte sie nicht auf die nächste Nachricht zu hoffen.

„Hast Du Zeit für ein Treffen?", schrieb Winand. Diese Frage stellten sie sich gegenseitig häufig, und auch Anna-Karinas Antwort war nicht neu: „Bestimmt in den nächsten Tagen."

„Dann warte ich auf Deine Antwort", entgegnete Winand, durchaus zufrieden, den Dialog wieder in das übliche Fahrwasser gebracht zu haben.

„Du wirst sie bald bekommen." Anna-Karina freute sich, dass ihr Gespräch auf diese Weise endete.

Oft waren diese Sätze die letzten ihrer schriftlichen Dialoge gewesen; und beide wussten, dass es ein Wiedersehen gegeben würde. Jetzt war Anna-Karina am Zuge, das nächste Treffen, wie auch immer schon, auf den Weg zu bringen.

# 11.

„Heute Abend Zeit?"

„Für dich immer."

„Das ist lieb. Schlag was vor!"

„Wie wär's mit einem Abendessen?"

„Okay. Wann und wo?"

„19.30 Uhr. Italiener am Rathausplatz."

„Bis dann. Ich freue mich."

Anna-Karina kam pünktlich. Und sie freute sich wirklich, wie Winand ihrem Strahlen im Gesicht entnahm. Am reservierten Platz wartete er auf sie, die wie immer in Jeans, langärmliger, grobkarierter Bluse und mit Stiefeln bekleidet war und wie immer ihre große Beuteltasche über die Schulter gehängt hatte.

„Schön, dass du da bist", sagte er und umarmte sie kurz. „Schön, dass du Zeit für mich hast", entgegnete sie. Winand machte in Jeans, blauem Polohemd und hellem Lederblouson eine gute Figur. „Ich bin froh, mal aus dem eigenen Mief rauszukommen. Mein Sohn nervt, meine Tochter nervt, der Hund nervt, Rüdiger nervt mich am Telefon."

„Und jetzt soll ich dich entnerven." Winand grinste keck. „Du musst mir nur verraten, wie."

„Beginnen wir mit einem guten Essen und einem guten Schluck Wein", schlug sie vor.

Spontan hatte sie am Morgen nachgefragt, ob Winand Zeit für sie hätte. Das abendliche Treffen war ihr den Tag über nicht aus dem Sinn gegangen. Sie freute sich darauf und war zugleich angespannt, weil sie nicht wusste, wie sich Winand ihr gegenüber verhalten würde, ob er zudringlich oder zurückhaltend, forsch oder schüchtern war.

Sie war froh, dass Winand nicht anders war, als sie ihn aus den ersten Begegnungen kannte: höflich, freundlich, charmant und wieder gut gekleidet, gut frisiert, glatt rasiert. Seine Essensbestellung überraschte sie, nachdem sie sich nach langer Suche auf der Speisekarte selbst zu einer Vorspeise aus Meeresfrüchtchen und zu einem Nudelgericht mit Jakobsmuscheln entschieden hatte. Winand hatte sich kurzentschlossen für einen Salatteller mit gegrillten Hähnchenbruststreifen entschieden.

„Nach 18 Uhr keine Kohlehydrate", erklärte er auf ihren fragenden Blick. „Ich bin froh, dass ich wieder mein Kampfgewicht habe." Er grinste. „Ich habe 20 Kilogramm abgespeckt."

„In welchem Zeitraum?"

„Vor vier Jahren in zwei Jahren. Seitdem bin ich konstant normalgewichtig und fit."

Auch fit fürs Bett? Anna-Karina erschrak sich über ihren eigenen fragenden Gedanken. Sie biss sich auf die Unterlippe, bevor sich die Frage versehentlich stellen konnte.

„Und was hast du vor vier Jahren gemacht?" Glücklicherweise wechselte Winand das Thema.

Anna-Karina überlegte kurz, um dann mit den Tatsachen herauszurücken. „Vor vier Jahren? Sie rang sich ein gequältes Lächeln ab. „Da habe ich noch die Trümmer meiner Scheidung aufgeräumt."

„So?" Winand hob fragend eine Augenbraue und forderte sie mit einem unmissverständlichen Blick auf, fortzufahren.

Anna-Karina konnte nicht anders. Sie musste erzählen, was geschehen war. Winand nötigte sie quasi durch seine mitfühlende Art dazu, und sie ließ sich gerne nötigen. Er war ein guter Zuhörer und ein noch besserer Versteher, glaubte sie zu wissen. Ihm konnte sie vertrauen, weil er Außenstehender war.

Ob sie ihm auch vertraut hätte, wenn ihr bewusst gewesen wäre, was der Mann schon alles von ihr in Erfahrung gebracht hatte?

Seine Internetrecherche hatte ihm viele Informationen über sie geliefert: Anna-Karina war freiberufliche Designerin und Fotografin, hatte ein Diplom in Design und wohnte am anderen Ende der Stadt in der ehemaligen Arbeitersiedlung des früheren Maschinenbauunternehmens. Wie er ihrer nicht mehr ganz aktuellen Homepage entnahm, war sie vor knapp fünf Jahren zugezogen. Ein Jahr lang trug sie noch einen Doppelnamen, wie er bei Unterschriften von Fotos in der Zeitung lesen konnte, danach hieß sie nur noch Braucks.

„Vor vier Jahren hatte ich endlich die Scheidung durch", berichtete Anna-Karina unaufgeregt. „Johannes und ich hatten studiert, geheiratet, Kinder bekommen und eine Werbeagentur gegründet. Wir kamen geradeso über die

Runden. Dann lernte er eine andere Frau kennen, schwängerte sie und servierte mich ab." Sie zuckte mit den Schultern. „So ist das Leben eben", sagte sie lakonisch. „Meine Freundin Christina, die ich schon aus der Schulzeit kannte und die ich am Studienort wieder getroffen hatte, ist nach ihrem Studium in den Journalismus gewechselt ist. Sie hat mich nach hier gelotst, als sie von meine Misere erfuhr." Verlegen strich sich Anna-Karina durchs Fesicht. „Nachdem ich mich bei ihr ausgeheult habe, um ehrlich zu sein. Sie hat mir Fotoaufträge für die Zeitung verschafft, wodurch ich die Kontakte zu vielen Leuten knüpfen konnte, für die ich jetzt Familienfeiern und Feste fotografiere."

„Oder für die du ausgezeichnete Kataloge herstellt", ergänzte Winand lobend.

„Das ist mittlerweile meine Hauptbeschäftigung", fuhr Anna-Karina geschmeichelt fort. „Inzwischen glaubt die Kunstszene, ich sei spezialisiert auf Kataloge und Kunstevents."

„Was ja nicht ganz abwegig ist", meinte Winand anerkennend. „Die Fotos, die du von Theaterstücken oder von Konzerten gemacht hast, sind künstlerisch ansprechend."

„Danke für die Blumen", entgegnete Anna-Karina angetan. „Christina ist halt Kulturredakteurin und hat mich bei kulturellen Veranstaltungen eingesetzt. Und fotografieren kann ich, glaube ich, ohne Übertreibung sagen zu dürfen. Sonst hätte ich wohl an der Fachhochschule kein Diplom bekommen." Anna-Karina sah Winand schräg an, während das Essen serviert wurde. „Aber wie willst du überhaupt die künstlerische Qualität meiner Fotos beurteilen?"

Winand hob fast schon entschuldigend die Hände. „Ich meine, sie sind toll. Und das reicht doch wohl. Oder zweifelst du etwa an meinem guten Geschmack?" Er lächelte und Anna-Karina musste ebenfalls lächeln. Seine Augen und die leichten Fältchen darum waren einfach nur faszinierend.

„Ich habe mich mehr recht als schlecht mit den Kindern durchgeschlagen", fuhr sie fort, „zumal mein Ex natürlich zu arm ist, um Unterhalt zahlen zu können. Dann ist letztes Jahr meine Jugendliebe Rüdiger wieder in mein Leben eingetreten. Das war für mich wie ein Lottogewinn. Seitdem Rüdiger mit uns lebt und sich großzügig an den Kosten beteiligt, geht es mir besser und muss ich nicht jeden Tag überlegen, wie ich meine Kinder satt bekomme."

Das kurze Blitzen in Winands Augen bei Nennung von Rüdigers Namen nahm sie erstaunt wahr.

Winand schien nicht begeistert, aber er sagte nichts.

Was hätte er auch sagen können? Sie hätte ihm eine Einmischung in ihre privaten Angelegenheiten verbeten. Es reichte ihr, dass Christina immer wieder gegen Rüdiger stänkerte, da brauchte sie nicht auch noch von anderer Seite Kritik. Wenn Winand sie nicht stützte, brauchte er sich gar nicht weiter um sie bemühen, dachte Anna-Karina für sich. Sie beobachtete stumm, wie Winand langsam nach der grünen Olive in seinem Salat stocherte, sie endlich aufspießte und sie dann mit Genuss verspeiste.

Er würde sich zu diesem ominösen Rüdiger nicht äußern, das war Winand sonnenklar. Er befand sich doch nicht in einem Wettstreit oder einem Kampf auf Leben und Tod mit diesem Mann, der dieser Frau bedauerlicherweise näher stand als er. Es war einzig und allein Anna-Karinas Entscheidung, mit wem und wann sie ihre Zeit und ihr Leben verbringen wollte. Aber er würde jede Gelegenheit nutzen, sich mit ihr zu treffen, und er würde jede Sekunde genießen, die sie bei ihm war.

Er mochte Anna-Karina so, wie sie war, und er wusste, dass sie ihn auch so mochte, wie er war. Sie hatten eine Vertrautheit, die sie beide in ihrem sonstigen Umfeld nicht zeigen konnten, die zwischen ihnen war und die ihr gemeinsames Geheimnis bleiben würde.

„Und deine Kinder machen keinen Stress?", fragte Winand, um das Gespräch nicht abebben zu lassen.

„Nö, vom üblichen mal abgesehen", antwortete Anna-Karina salopp und lachte. „Nur der Hund, der macht mich wahnsinnig. Die Kinder hören wenigsten ab und zu, der Hund gehorcht nie!"

Ihr Lachen faszinierte Winand. Dann strahlten ihre großen, braunen Augen. Daran konnte er sich nicht satt sehen.

„Wolfgang hat im Prinzip schon die Koffer gepackt und wartet darauf, an seinen Studienort zu ziehen. Er will Medizin studieren", berichtete sie mit mütterlichem Stolz.

„Was er auch hier in deiner Nähe und damit im Hotel Mama könnte", gab Winand zögerlich zu bedenken, als verriete er ein Geheimnis.

„Das stimmt. Aber er will weg aus dem Dunstkreis seiner Mama. Kann ich verstehen. Ich wollte auch raus und konnte zunächst nicht, weil ich erst die Gärtnerlehre machen musste."

„Dann könntest du ja fachlich qualifiziert meinen Rasen mähen und die Obstbäume beschneiden." Winand wunderte sich über seine Spontaneität, mit der er ihr den Vorschlag machte.

„Nein", meinte sie lachend. „Ich habe mit meinem Garten genug zu tun, da mache ich nicht noch die Gartenarbeit für fremde Leute. Auch nicht für Leute, die mir so ans Herz gewachsen sind wie du."

„Außerdem musst du ja eine Tochter und einen Hund bändigen."

„Mal Zicke, mal Backfisch, mal unausstehlich, dann anlehnungsbedürftig, halt so, wie Mädchen in ihrem Alten sind." Anna-Karina grinste. „In zwei Jahren ist sie aus dem Gröbsten raus. Dann steht sie vor dem Abi und danach habe ich meine Ruhe."

„Dann beginnt dein Leben."

„Dann geht mein neues Leben erst richtig los. Begonnen hat es im Prinzip mit der besten Entscheidung meines Lebens, nach hier zu ziehen. Christina sei Dank." Ihr Grinsen wurde breiter. „Und außerdem: Sonst hätte ich dich ja nicht kennengelernt."

„Was schrecklich wäre. Ich bin froh, dich gefunden zu haben", hörte sie Winand sagen. Er sagte es ruhig und sachlich, nicht wie jemand, der es darauf anlegte, eine Frau mit Hintergedanken zu umschmeicheln.

Er meinte es ehrlich, wie sie es auch aufrichtig und ohne Hintergedanken meinte, als sie sich sagen hörte: „Es ist schön, dass es dich gibt."

Anna-Karina akzeptierte seine Bereitschaft, die Rechnung für beide zu begleichen, erst, nachdem er zugestimmt hatte, dass sie beim nächsten Mal bezahlen würden. Mit diesem Vorschlag war er sofort einverstanden. „Dann gibt es wenigstens ein Wiedersehen", sagte er schmunzelnd.

Ihr Angebot, ihn nach Hause zu fahren, nahm Winand dankend an. Er hatte Mühe, seine große, schlanke Gestalt auf den Beifahrersitz des kleinen Flitzers zu hieven. „Nichts für einen alten Mann", ächzte er.

„Aber ein bezahltes Auto für mich", konterte sie vergnügt, „mehr kann sich eine Frau mit meinem Rucksack voller Kinder und Hunde und einem geschiedenen Ehemann nicht leisten."

„Wenn ich Zeit habe, bedauere ich dich mal", meinte Winand schmunzelnd.

„Gerne", sagte sie spontan und biss sich auf die Lippen.

Den Weg zu seiner Wohnung hatte sie ohne Suchen gefunden. Immerhin, so erklärte sie ihrem erstaunten Begleiter, käme sie durch ihre Jobs viel in der Stadt herum, und besonders in dem Bonzenviertel, in dem er lebe, säßen ihre besten Kunden. „Da weiß ich wenigstens, dass ich ohne Mitleid die Preise anheben kann. Die bezahlen alles ohne zu murren."

Vor einem hell angestrahlten, weißen Bungalow mit einer Doppelgarage, der etliche Meter vom Straßenrand zurück versetzt stand, ließ Winand sie anhalten. Anna-Karina staunte nicht schlecht über das repräsentative Anwesen. Hier ließ es sich bestimmt ruhig und gut leben. Man musst es sich nur leisten können.

Winand konnte es offenbar.

„Hier ist leider unsere Fahrt für heute zu Ende", meinte er jovial. „Es war ein schöner Abend mit dir." Er hatte sich im Beifahrersitze zu Anna-Karina gelehnt und sah sie mit klaren Augen an. Sie löste ebenfalls den Sicherheitsgurt und umarmte ihn. Er hielt sie lange in seinem Arm, mit der Hand kraulte er ihr im Nacken. Dann schob er sie sanft von sich.

„Bis dann", sagte er knapp und stieg schnell aus. Noch einmal beugte er sich in den Innenraum und schaute Anna-Karina an. Dieses Mal waren seine Augen trüb und müde.

„Ich sage es besser nicht, …", meinte er und ging rückwärts über den Weg zum Hauseingang, wobei er ihr zuwinkte

Anna-Karina warf ihm eine flüchtige Kusshand zu und brauste schnell davon. Wie gut, dass Winand die Umarmung gelöst hatte. Sie hatte so gut getan. Es hätte nicht viel gefehlt und sie hätte ihn küssen wollen.

„Du dumme Kuh", schimpfte sie laut mit sich, „du fällst fast auf so einen alten Knacker rein und hast zu Hause einen Kerl, mit dem du alt werden willst."

Und zugleich freute sie sich auf das nächste Wiedersehen mit Winand und auf seine nächste Umarmung. Bei diesem Treffen würde er an der Reihe sein, um von sich zu erzählen.

# 12.

‚Ich vermisse sie', dachte sich Winand. Anna-Karina ging ihm nicht aus dem Sinn. ‚Was soll das, Alter?', kritisierte er sich selbst. ‚Das sind die Altherrenfantasien. Was soll so eine attraktive Frau, die die besten Jahre noch vor sich hatte, mit einem Senior wie ihm?'

Das war eine absurde Vorstellung, von der er sich schleunigst verabschieden musste.

Ob es ihnen gelingen würde, Vertraute zu werden, die sich gegenseitig stützen, ohne dass sie gleich als Liebespaar angesehen wurden? Ginge das überhaupt? Oder würden sie vielleicht doch einmal mehr sein als nur Freunde oder sogar beste Freunde? Unsinn, sagte er sich. Das wird nicht passieren; zum einen wegen Maria und zum anderen wegen Rüdiger.

Nachdenklich setzte Winand seinen Spaziergang durch den öffentlichen Teil des Schlossparks als Teil des Stadtparks fort. Es war schon zu viel Zeit vergangen, seitdem er Anna-Karina das letzte Mal gesehen und umarmt hatte. Sie nahm einfach einen festen Platz in seinen Gedanken ein. Das tat gut und schmerzte zugleich jeden Tag mehr, der verging und an dem er sie nicht traf.

Hoffentlich hatte Anna-Karina bald mal wieder Zeit für ihn.

„Hoppla, junger Mann!" Er war gegen jemanden gestolpert, der überraschend rückwärts aus dem Buschwerk auf den Weg getreten war und auf den er nicht geachtet hatte. Die kehlige, ihm so lieb gewordene Stimme ließ seinen aufkeimenden Zorn sofort ersticken.

Er war mit Anna-Karina zusammengerasselt.

„Wenn man vom Teufel spricht", sagte Winand grinsend.

„Wie bitte?" Anna-Karina sortierte ihre Kameraausrüstung und fuhr ihn anstrahlend mit beiden Händen durch ihr Haar.

„Vergiss es." Er breitete die Arme aus, um sie zu umarmen.

Gerne ging sie auf seine Aufforderung ein. Es fühlte sich gut für sie an.

„Schön, dich zu sehen", hauchte sie ihm ins Ohr, bevor sie sich von ihm löste.

„Dito", sagte er knapp und musterte sie wohlwollend in ihrer Alltagskleidung, bei der sie statt einer karierten eine dunkelrote Bluse trug, deren oberen Knöpfe geöffnet waren, wodurch der Blick auf ihren Brustansatz möglich wurde.

„Stier nicht so." Sie lachte ihn keck an. „Was treibt dich Lüstling in den Park?"

„Alleinstehende schöne Frauen, die ich vor dem Alleinsein bewahren will", antwortete er forsch, „und die ich vor anderen Lüstlingen schützen will."

„Oh, du mein Retter." Anna-Karina lachte kurz. „Also, was machst du hier?"

Er sei auf dem Weg nach Hause, meinte Winand. „Ich habe Arni ärgern wollen, aber der ist nicht in seiner mickrigen Hütte." Er lächelte. „Nein, im Ernst. Ich wollte im Schloss nach den beiden unverkäuflichen Bildern von

Alvera Rallunira schauen. Heute wird die Ausstellung abgebaut, und dann sind sie wahrscheinlich für lange Zeit für die Öffentlichkeit nicht mehr zu sehen."

„Komisch und schade." Anna-Karina blinzelte ihn gegen die Sonne an. „Ich war auch im Schloss. Ich habe Fotos vom Abbau für meine Freundin Christina und den Galeristen gemacht. Christina braucht sie für einen Artikel in der Zeitung und der Galerist für die Versicherung. Und beide wollten unbedingt noch einmal von diesen beiden besonderen Bilder eine eigene Serie."

„Danach hast du dich dann in die Büsche geschlichen, um arme Spaziergänger zu erschrecken, oder was?", fragte Winand neugierig.

„Ich wollte noch einige Blumen und Büsche fotografieren", antwortete Anna-Karina vergnügt. „Fotos von Blumen sind meine Leidenschaft. Die Fotografie von Blumen war das Thema meiner Diplomarbeit." Sie hatte sich bei Winand eingehakt und schlenderte neben ihm zum Parkplatz.

Er wollte sie zu einem Kaffee einladen, doch lehnte sie bedauernd ab. Sie müsse nach Hause.

„Ich habe ein wenig Stress wegen Rüdiger", sagte sie freimütig.

„So?"

„Er ist eifersüchtig."

„Auf mich?"

„Ja. Er behauptet, du würdest mich immer mehr vereinnahmen und ich würde mich immer mehr zu dir hingezogen fühlen."

„Was nicht stimmt", entgegnete Winand, obwohl für ihn das Gegenteil zutraf.

Anna-Karina wich mit ihrer Antwort seiner unterschwelligen Frage aus: „Wenn Rüdiger eifersüchtig ist, soll er sich mal fragen, warum das so ist. Liegt es an ihm oder liegt es an mir? Ich jedenfalls fühle mich wohl in meiner Haut." Sie lächelte Winand an und schob sich ein wenig näher an ihn heran. Ihr Kopf lehnte leicht an seiner Schulter.

„Dann besteht also für mich kein Anlass, mehr Abstand zu dir zu wahren?"

„Bloß nicht", antwortete Anna-Karina. „Zum einen soll dir egal sein, ob Rüdiger eifersüchtig ist, zum anderen entscheide immer noch ich, mit wem ich mich treffe und nicht ein Mann."

„Solange ich derjenige bin, mit dem du dich triffst, ist ja alles gut." Winand trat einen Schritt zur Seite und stellte sich vor Anna-Karina. „Ich möchte aber nicht, dass du meinetwegen Probleme bekommst."

Anna-Karina sah ihn staunend an. Was war das für ein Mann? Der zog sich bereitwillig zurück, damit eine Frau, mit der er gut auskam, keine Probleme bekam.

War das der edle Ritter aus den Träumen der Teenies oder war das ein Mensch, der jedem Konflikt aus dem Weg gehen wollte, bevor der Konflikt noch gar nicht ausgebrochen war, sondern nur leicht schwelte?

„Keine Sorge. Du und ich, das ist unsere kleine Welt. Alles andere soll dich nicht kümmern. Oder willst du diese kleine Welt nicht?"

„Sie ist der Spatz", antwortete Winand ruhig. Die Taube würde er wohl nie in der Hand halten. Das war zwar bedauerlich, aber nicht zu ändern.

„Dann halte ihn gut fest." Anna-Karina schaute ihn staunend an. Sie waren an ihrem alten, roten Flitzer angekommen.

„Soll ich dich nach Hause fahren?"

Winand lehnte dankend ab. Ein paar Meter zu Fuß, in diesem Fall eher ein paar Kilometer, würden gut für ihn sein.

„Okay." Jetzt breitete Anna-Karina ihre Arme aus. „Ohne einen Drücker kommst du mir aber nicht davon."

Wenn es nach ihm gegangen wäre, hätte die Umarmung noch viel länger dauern können.

Die Ruhe und Zufriedenheit, die sie in der innigen Nähe verspürten, wurde durch Anna-Karinas Handy beendet. Winand löste sich von ihr.

Sie warf ihm einen Kussmund zu, ehe sie zum Telefon griff und er ging.

Sie würden sich wiedersehen. Das brauchten sie nicht auszumachen. Das war ihnen auch ohne Worte klar. Allen Eifersüchteleien zum Trotz und auch trotz Maria, von der Anna-Karina nichts wusste, und trotz Rüdiger, von dem er nur den Namen kannte.

# 13.

Ob er Lust habe, sie bei einem ganztägigen Fototermin zu begleiten. Sie müsse für einen Architekten Bilder von Neubauten machen, die nach seinen Plänen entstanden sind. Er brauche sie für seine Homepage.

Warum nicht?, hatte Winand in seiner Internetnachricht geantwortet. Das würde er geregelt kriegen. Sie könne ihn gerne abholen, er freue sich auf sie und die gemeinsamen Stunden.

„Aber nur, wenn ich das Mittagessen bezahlen darf." Das sei ihre unverhandelbare Bedingung.

Daran werde er das Treffen garantiert nicht scheitern lassen, gab als Erwiderung zurück.

Anna-Karinas Verwunderung über den Wagen des medizinischen Dienstes, der vom Haus von Winand wegfuhr, als sie sich näherte, war nur kurz. Winand stand am Straßenrand und winkte ihr freundlich zu.

„War was?", fragte sie sorgenvoll, als er einstieg. „Ist was passiert?"

„Alles in Ordnung. Die wollten nur was von mir wissen", antwortete er beruhigend. „Lass dich umarmen, bevor ich mich anschnalle."

Die Arbeit rief, lange konnte Anna-Karina die herzliche Umarmung nicht genießen. „Wir müssen das Wetter und die Zeit nutzen", meinte sie augenzwinkernd. „Ich bin nicht zum Vergnügen mit dir zusammen."

„Schade. Bei der Arbeit sollte auch das Vergnügen nicht zu kurz kommen. Aber für mich bedeutet es schon Vergnügen, wenn ich an deiner Seite bin." Winand lehnte sich in den Beifahrersitz zurück und musterte Anna-Karina wohlwollend. Ob sie außer Jeans und Blusen überhaupt noch andere Kleidungsgegenstände besaß?

„Du weißt, dass du gut aussiehst", sagte er ungekünstelt.

„Hör auf!" Ihr Widerspruch war gespielt. Sie freute sich über seine so leicht hingeworfenen Komplimente. „In meinem Klamotten sehe ich aus wie …"

„ … wie eine Prinzessin, die sich tarnt, damit sie nicht von jedem als Prinzessin erkannt wird und sie sich ungestört bewegen kann." Winand hatte ihren Satz ergänzt, bevor ihr ein passender Vergleich in den Sinn gekommen war. Er lächelte und hatte dabei ernste Augen, weil er es offenbar ernst meinte, als er sagte: „Du bist meine Prinzessin."

Anna-Karina schwieg. Winands Nähe, die sie so sehr genoss, verunsicherte sie. Ihr fiel es schwer, sich auf den Verkehr und den Streckenplan zu konzentrieren, den sie in ihr Navi eingegeben hatte.

Wollte Winand vielleicht doch mehr von ihr? Das würde nicht gehen. Aber Winand würde niemals gegen ihren Willen Grenzen überschreiten, insofern konnte sie sich über seine Worte freuen. Zugleich würde sie ihn enttäuschen müssen, aber nicht zu sehr, dass er es ihr übel nahm. Die Beziehung zu ihm war für sie zu wertvoll, um sie leichtfertig zu beenden.

„Wir sind vielleicht wie die Königskinder von Thule", sagte sie bemüht scherzhaft.

„Die konnten einander nicht finden, obwohl sie sich liebten", erwiderte Winand trocken. „Wir haben uns gefunden." Er lachte: „Du bist die Prinzessin und ich bin ein Frosch, der immer ein Frosch bleiben wird, weil wir in der Wirklichkeit und nicht in der Fantasie sind."

„Quak, quak." Auch Anna-Karina lachte.

Winand hatte die Situation souverän entspannt. Er war ihr Frosch, der auch durch einen Kuss nicht zum Prinz werden würden. Also brauchte sie es gar nicht versuchen.

Die erste Adresse, die Anna-Karina in einem Neubaugebiet anfuhr, stelle einen fast fertiggestellten Rohbau dar. „Siehst du, ich bin mit Stiefel und Jeans richtig gekleidet, um auf einer Baustelle herumzulaufen", meinte sie beim Aussteigen. „Mach dir bloß nicht deine Lackschuhe schmutzig."

Von wegen Lackschuhe. Winand hatte zur Jeans alte Wanderschule angezogen. Er würde kilometerweit laufen können, wahrscheinlich weiter als Anna-Karina in ihren Stiefeln.

„Auf geht's, Cowgirl", sagte er frohgelaunt. „Lass uns die Mauersteine knipsen."

Bis zur Mittagzeit hatten sie vier Objekte besucht. Anna-Karina hatte sich immer viel Zeit gelassen, bis sie mit ihrer Motivauswahl zufrieden war. In einem Fall musste er sie sogar auf den Schultern tragen, damit sie die passende Perspektive fand.

„Wenn du schon dabei bist, kannst du dich auch nützlich machen", hatte sie gemeint, als er sie wieder zu Boden gelassen hatte.

In einem einfachen, aber gemütlichen Restaurant am Stadtrand lud sie ihn zum Essen ein. Sie hatten Mühe, noch einen freien Tisch zu finden.

„Hier ist es so laut, hier kann keiner zuhören, was wir zu bereden haben", sagte sie beim Setzen.

„Haben wir denn was zu bereden?"

„Ja", sagte sie bestimmend. „Wir haben dein Verhör noch nicht fortgesetzt."

„Das hatte ich ganz vergessen." Winand seufzte laut mit gespielter Theatralik. „Dann mal los, was willst du wissen?"

Anna-Karina wartete, bis ihnen die deftige Erbsensuppe serviert worden war. Dort fortzufahren, wo sie geendet hatten, fand sie nicht angemessen. Die Frage nach der blonden Frau vom See erschien ihr als Einstieg nicht sinnvoll. Er musste unverfänglich sein.

„Was machst du eigentlich beruflich?" Einiges wusste sie zwar, aber vielleicht konnte sie noch mehr aus Winand herauslocken."

„Ich bin Pensionär. Sieht man das nicht." Winand grinste. „Sehe ich so jung aus, dass ich noch arbeiten müsste?"

„Wie ein Pensionär sieht du aber auch nicht aus", antwortete Anna-Karina. „Und was war vor deiner Pensionärszeit?"

„Da war ich Privatier."

„Verstehe ich nicht. Jetzt Pensionär, davor Privatier. Ich wusste gar nicht, dass man als Privatier eine Pension bezieht."

Winand lachte. „Ich möchte wetten, du weißt längst, dass ich bis vor zehn Jahren bei der Finanzbehörde gearbeitet und dann dort aufgehört habe. Stimmt's?"

„Hey. Ich führe das Verhör, nicht du", erwiderte Anna-Karina heftig. Wieso wusste oder ahnte der Kerl, was sie über ihn wusste?

„Deine Behauptung lassen wir mal dahingestellt", sagte sie. „Was hast du denn in den letzten zehn Jahren gemacht als Privatier. Etwa nur auf der faulen Haut gelegen?"

„Sehe ich so aus?" Winand schmunzelte. „Ich habe natürlich gearbeitet. Als Freiberufler."

„Aha." Anna-Karina kombinierte laut. „Du warst Steuerexperte beim Finanzamt, hast dort die Brocken hingeschmissen und bist dann auf die andere Seite gewechselt. Erst hast du für den Staat Steuern eingetrieben, jetzt sorgst du dafür, dass der Staat keine Steuern erhält."

Winand lächelte die Frau an. Er ließ sich durch so eine plakative und provokative Behauptung nicht aus der Ruhe bringen. „Da kann ich dich beruhigen. Ich sorge nicht dafür, dass dem Staat etwas verloren geht. Ich sorge nur dafür, dass Steuerpflichtige die Steuern zahlen, die angemessen und richtig sind. Ich werde niemanden unterstützen, der darauf aus ist, Steuern zu hinterziehen oder Betrug zu begehen."

Anstiftung zur Steuerhinterziehung oder zum Betrug hätte Anna-Karina dem Mann auch nicht zugetraut.

„Und es gibt tatsächlich Steuerzahler, die so redlich sind, dass sie mit deinen Diensten ihre Steuerpflicht einhalten?", fragte sie dennoch mit skeptischer Miene. „Niemand gibt doch mehr ab als er unbedingt muss." Sie schmunzelte. „Dann könntest du ja auch für mich tätig werden."

Winand winkte ab. „Privates und Berufliches muss man strikt trennen. Und ich will lieber mit dir privat als beruflich sein."

„Für wen arbeitest du denn?"

Winand deutete mit Daumen und Zeigefinger, die er über die Lippen schob, an, dass er ihr darauf nicht antworten würde. Er grinste: „Nur so viel, damit deine Neugier gestillt ist. Ich habe einen kleinen Stamm von Interessierten, die gelegentlich meine Dienste in Anspruch nehmen, um das zu zahlen, was zu zahlen ist und das zu sparen, was zu sparen möglichlich ist unter Einhaltung der Steuergesetze. Dabei kann ich einigen behilflich sein mit meinen bescheidenen Mitteln."

„Und die dir dafür eine fette Kohle zahlen."

Fast schon entschuldigend hob Winand die Hände. „Wenn denen meine Dienste so viel wert sind, wie ich verlange, kann sich niemand beklagen." Er sei quasi eine Ein-Mann-Beratungsgesellschaft für Steuerpflichtige mit einem kleinen Kundenstamm.

„Zu dem natürlich dein Freund Arni gehört. Als vermögender Graf braucht der doch bestimmt einen Steuerbeamter."

„Meine liebe Anna-Karina", setzte Winand belehrend an. „Erstens ist Arni selbst in der Lage, seine Steuern zu regeln, zweitens ist er Teil meiner Familie und fällt damit unter die Ausschlussregel fürs Private, drittens ist er für mich eine zu kleine Hausnummer und viertens habe ich mit zehn Klienten genug zu tun, um noch weitere hinzuzunehmen."

„Also habe ich keine Chance?"

„Nein, und das ist auch richtig so, weil ich dich als meine Prinzessin nicht verlieren möchte."

„Und was bezahlen deine Klienten so?"

Wieder führte Winand die Finger an seinen Lippen entlang.

„So viel?", fragte Anna-Karina staunend.

„Können die ja wiederum als Beratungskosten von der Steuer absetzen." Winand grinste erneut frech. „Das tut denen allen nicht weh, ich kenne ja ihre Kontostände. Ich bekomme von jedem jeden Monate eine Pauschale, mit der alle Dienste im Jahr abgegolten sind, ob ich nun für sie in einem oder zwei oder sieben Monaten tätig werde oder gar nicht."

Anna-Karina rechnete kurz. „Wenn dir also zehn Klienten jeden Monat jeder 500 Euro pauschal geben, hast du monatlich 5000 Euro. Oder sind es jeweils 1000? Dann wären es 10.000 Euro. Oder sind es sogar noch mehr?" Sie beobachtete Winand fragend. Doch der verzog keine Miene.

„Okay", sagte sie gedehnt. „Wo hast du denn deine Klienten?"

„Überall in Europa, sofern sie deutschem Steuerrecht unterliegen. Ich bin davon überzeugt, die kennen sich nicht einmal untereinander oder wenn sie sich kennen, wissen sie nicht, dass ich für sie beratend tätig bin." Winand setzte sein Dauergrinsen fort: „Offiziell trete ich nie in Erscheinung. Mich gibt's quasi gar nicht."

„Stimmt. Du bist ja Privatier, der von Luft und Liebe lebt."

„Luft ja", bestätigte Winand nüchtern. Er schaute Anna-Karina mit melancholischem Blick an. „Mit der Liebe könnte es besser gehen."

Anna-Karina wollte erst gar keine Verwirrung aufkommen lassen.

„Wo arbeitest du denn?", fragte sie rasch, um beim Thema zu bleiben.

„In meinem Haus habe ich ein kleines Arbeitszimmer. Das reicht mir. Und gelegentlich fahre ich zu meinen Klienten, um dort Unklarheiten zu beseitigen."

„Hast du denn auch einen Klienten hier in dieser Stadt? So viele gut verdienende Menschen, die sich deine Dienste leisten können, gibt es ja wohl nicht."

Anna-Karina hätte sich denken können, dass Winand wieder das Fingerzeichen machte, um die Antwort zu verschweigen.

„Nun gut." Seufzend blickte sie auf die Armbanduhr. „Unsere Mittagspause ist leider beendet. Wir müssen weiter, sonst kriege ich mein Programm für heute nicht absolviert. Das Verhör werde ich hiermit unterbrechen, um es zu gegebener Zeit fortzusetzen." Sie winkte nach der Bedienung. „Kann ich das Essen eigentlich von der Steuer absetzen?"

„Die Rechnung kannst du tatsächlich absetzen", bestätigte Winand, „aber nur bis zu einem bestimmten Betrag auf einem bestimmten Beleg. Wir hatten ja ein Geschäftsessen."

„Stimmt!" Anna-Karina lachte herzhaft. „Du trennst ja Privates von Geschäftlichem, und wir haben uns die ganze Zeit nur über Geschäftliches, sprich Steuern unterhalten."

Sie war durchaus zufrieden mit dem, was sie erfahren hatte. Winand schien nicht am Hungertuch zu nagen, war nach wie vor beruflich aktiv und damit geistig rege. Die körperliche Fitness war ihm nicht abzusprechen; insofern war er trotz seines Alters nicht die schlechteste Partie – aber nicht für sie.

Sie wusste nicht, ob sie diese Erkenntnis bedauern sollte oder ob sie durch diese Erkenntnis beruhigt sein sollte. Winand hatte etwas, das sie nicht beschreiben konnte; etwas, das sie anzog, das ihm eine Ausstrahlung verlieh, der sie sich nicht entziehen konnte.

‚Pass auf, dass du dich nicht doch noch in den Kerl verliebst', mahnte sie sich.

Das Herumlaufen über die Baustellen und die Grundstücke war ermüdend, wie Winand feststellte. Aber nicht nur er, der mehr und mehr zum Träger der schweren Ausrüstung von Anna-Karina wurde, musste langsamer tun, auch die Fotografin hatte längst nicht mehr den Elan des Vormittags.

„Das ist ja Schwerstarbeit", meinte Winand stöhnend. Mehr das Gewicht der Kameras als die strahlende Sonne hatte ihn ins Schwitzen gebracht.

„Ist es", bestätigte Anna-Karina. Sie pustete durch, als sie zum Auto gingen. „Das war die letzte Hütte. Wir sind fertig."

„Und jetzt?"

„Jetzt fahr ich dich nach Hause und setz mich dann an den Rechner, um die Fotos zu überarbeiten. Ich will die CD mit den Dateien morgen früh abliefern." Sie grinste. „Mit der Rechnung."

„So schnell?" Seine Vermutung, Anna-Karina wolle schnell liefern, weil sie auf eine schnelle Begleichung der Rechnung hoffte, traf zu.

„Schnell muss sein, weil ich die Flocken unbedingt brauche." Sie sah Winand streng an. „Jetzt untersteh dich, mir Geld leihen zu wollen! Dann ist es aus mit unserer Freundschaft."

In der Tat hatte er mit der Überlegung geliebäugelt, sie dann aber verworfen, eben weil er die Freundschaft zu dieser Frau nicht aufs Spiel setzen wollte. Wenn sie Geld von ihm nahm, konnten leicht abwegige Gedanken aufkommen. Sie lässt sich von ihm bezahlen, hätte es heißen können.

„Mir qualmen die Socken." Anna-Karina stöhnte auf, als sie auf der Rückfahrt waren. „Den ganzen Tag über in den Stiefeln, da schwimmst du ja im eigenen Schweiß."

„Da weiß ich was."

„Was?"

„Wir fahren zu mir. Denn …" Er erkannte Anna-Karinas verunsicherten Blick, „… wenige Meter entfernt gibt es einen kleinen Park mit einem Kneippbecken. Da laufen wir durch. Ist eine Wohltat für die Füße."

Anna-Karina fühlte sich erfrischt, nachdem sie durch das kalte Wasser gestapft war.
Sie hatten es sich auf einer Bank bequem gemacht. Anna-Karina hatte ihre nackten Füße auf seine Oberschenkel gelegt und genoss es, dass Winand sie massierte.
Er tat es mit einer Selbstverständlichkeit und Ruhe, als täte er nichts anderes und nichts lieber.
Anna-Karina hat schön, feingliedrige Füße dachte er sich. Nur der rote Nagellack auf den Fußnägeln war nach seinem Empfinden eine Spur zu kräftig. Manchmal jaulte Anna-Karina auf, weil er bei seiner Massage einen Nervenpunkt getroffen hatte. Ganz gesund war sie offenbar nicht. Die neuralgischen Punkte, die er mit seinem Wissen aus den Fußzonenreflexen ertastete, deuten darauf hin, dass sie organische Probleme hatte.
„Du solltest deine Nierenfunktion überprüfen lassen", riet er ihr.
„Warum?"
„Nur so", antwortete er beiläufig. Er wollte nicht verraten, dass er sich intensiv mit Fußzonenreflexmassagen auseinander gesetzt und bei einer russischen Spezialistin sogar eine Art Ausbildung absolviert hatte. In seiner Familie waren seine Massagen sehr beliebt.

Er drückte wieder auf eine bestimmte Stelle. Erneut jaulte Anna-Karina auf.

„Ich hab mal gehört, dass ein Mensch Nierenprobleme hat, wenn er beim Druck auf diese Stelle Schmerzen verspürt."

„Ich habe einige Koliken gehabt und neige wohl zu Nierensteinen, hat mir mein Urologe unlängst gesagt", bestätigte Anna-Karina. Sie schaute mit blinzelndem Blick aus ihrer Bankecke hinüber sie Winand. „Du verblüffst mich immer mehr."

„Du kennst doch gar nichts von mir. Insofern ist es kein Wunder, dass dich manche Kleinigkeiten verblüffen", sagte er bescheiden. „Ich bin nicht anders als alle anderen."

„Doch", Anna-Karina lachte. „Du bist anders. Du bist mein Frosch!"

Auch Winand lachte. „Quak! Quak!", und er drückte noch einmal besonders fest zu.

„So, jetzt aber endgültig ab nach Hause!", bestimmte Anna-Karina.

„Ohne weiteres Verhör?"

Die Fotografin schaute nach der Uhr. „Heute nicht, aber morgen."

„Wann haben wir Zeit für uns?"

Anna-Karina dachte kurz nach. Dann grinste sie vergnügt. „Wie wär es, wenn wir uns morgen wieder hier auf unserer Parkbank treffen? Um 17 Uhr?"

„Gerne", antwortete Winand. Er hievte Anna-Karinas Beine vorsichtig zur Seite, stand auf und streckte sich gähnend. „Ich geh die paar Meter nach Hause, meine

Prinzessin." Innig umarmte er die Frau und hauchte ihr einen leichten Kuss auf die Wange. „Träum was Schönes!"
Ehe Anna-Karina etwas erwidern konnte, hatte sich Winand abgewandt und eilte davon. Mit einem Lächeln im Gesicht schaute sie ihm nach.

‚Pass auf, was du machst!', sagte Winand zu sich, als er nach Hause stapfte. ‚Du willst dich doch nicht etwa in die Frau verlieben?' Oder hatte er sich sogar schon in Anna-Karina verliebt, in diese attraktive, lebhafte, impulsive, charmante und intelligente Frau?
Sie war eine Prinzessin und er der Frosch: Aber musste er wirklich der Frosch bleiben? Vielleicht war er ja doch ein verwunschener Prinz?
Aber sie würden wohl nie Antworten auf diese Fragen erfahren, glaubte er.

## 14.

Obwohl Winand lange vor der verabredeten Zeit am Treffpunkt erschienen war, kam er doch zu spät. Er hatte sich den ganzen Tag über auf das Wiedersehen gefreut und war viel zu früh zum Park gekommen. Er wollte sie auf keinen Fall verpassen.

Anna-Karina war schon da. Sie lag lang ausgestreckt auf der Bank und ließ sich dösend die Sonne ins Gesicht scheinen. Sie strahlte Ruhe aus, wie sie da so still vor ihm lag.

Er beobachtete sie wohlwollend. Es war verlockend, sie wachzuküssen. Doch sträubte er sich gegen seine törichte Idee. Nicht hier, nicht jetzt, nicht beim ersten Kuss. Das gehörte sich einfach nicht.

Bemüht, unbemerkt und geräuschlos zu bleiben, hockte Winand sich neben die wie immer einfach gekleidete Frau. Zärtlich flüsterte er ihr ins Ohr: „Hallo, meine Prinzessin."

Langsam öffnete Anna-Karina die Augen. Kurz schien sie sich zu orientieren, dann drehte sie ihr Gesicht zu ihm, so dass sie sich fast mit den Nasen berühren.

„Quak, quak", sagte sie müde. Sie richtete sich auf und reckte sich gähnend. „Schön, dass du gekommen bist. Ich bin fast schon eingeschlafen."

„Fast ist gut. Du hast geschlummert wie ein Kleinkind im Arm seiner Mutter."

Anna-Karina sah ihn an. Langsam erwachten wieder ihre Lebensgeister. „Apropos Arm. Willst du mich nicht in den Arm nehmen und drücken?"
Was für eine Frage!

„Drücken, nicht erdrücken", tadelte Anna-Karina ihn sacht, als sie sich von ihm löste. Dass sie sich fest an Winand geklammert hatte, was er gerne annahm, verschwieg sie, und er war zu höflich, sie darauf hinzuweisen.
Ob ein anderer Mann ebenso zurückhaltend gewesen wäre wie Winand?, fragte sich Anna-Karina. Ein anderer hätte wahrscheinlich die Gelegenheit ausgenutzt und die Schlafende küssen wollen.
Nicht so Winand, der war ein Gentleman der alten Schule. Oder war er einfach nur langweilig und schüchtern?
Anna-Karina hatte schon morgens beim Aufstehen an dieses Treffen mit Winand gedacht und sich viel zu früh auf den Weg gemacht. Bloß nicht zu spät kommen! Bloß nicht den Mann verpassen, der ihr mehr bedeutete, als sie umschreiben konnte! Hoffentlich kam Winand überhaupt, dachte sie für einen kurzen Moment. Doch wischte sie die Sorge sofort weg. Winand würde kommen. Pünktlich wie immer und höflich wie immer würde er ihr begegnen.

„Sitzen oder laufen?"

„Viel zu laufen gibt es ja in diesem kleinen Park nicht", antwortete Anna-Karina. Einen großen Kreis rund um einen Grünfläche, und schon war man wieder an der Parkbank angekommen. „Da können wir auch gleich sitzen bleiben."

„... und das Verhör fortsetzen", ergänzte Winand munter.

„So ist es", sagte sie mit gespielter Strenge. Anna-Karina atmete durch. Einmal musste sie ja zur wichtigsten Sache kommen, die geklärt sein musste und die von Bedeutung über ihren zukünftigen Umgang miteinander haben könnte.

„Was ist mit deiner Familie?"

Winand grinste milde, als habe er schon länger auf diese Frage aus ihrem Mund gewartet. „Zwei erwachsene Söhne, ein Enkel."

„Keine Frau?" Anna-Karina wusste nicht, ob sie staunen sollte. Ein Mann wie Winand hatte keine Frau. Das war eigentlich unvorstellbar.

„Doch."

Winands Antwort enttäuschte Anna-Karina mehr, als sie sich zugeben wollte.

„Maria. Schon seit ewigen Zeiten verheiratet, schon so lange, dass es fast nicht mehr wahr ist." Sein Lächeln wirkte inzwischen gequält.

„Nun gut." Anna-Karina gab sich neutral. Das war dann geklärt. „Was ist mit deinen Kindern? Gut geraten, gut versorgt, denke ich mal bei diesem Vater, oder?"

„Gut im Leben angekommen", antwortete Winand. Von Vaterstolz war keine Spur zu erkennen, er blieb sachlich und nüchtern, als spräche er über Selbstverständlichkeiten. „Der ältere, Thomas, 35 Jahre alt, hat in Oxford in England Wirtschaftsinformatik studiert und wurde in Maastricht in den Niederlanden in Wirtschaftsmathematik promoviert. Jetzt lebt er mit seiner Frau und dem Sohn in Madrid und arbeitet als Leiter der spanischen Zentrale für einen deutschen Konzern in der Telekommunikationsbranche."

„Und der andere hat sich wahrscheinlich auch nicht schlechter entwickelt?" Anna-Karina ärgerte sich ein wenig darüber, dass Winand so emotionslos über den Erfolg seines Sohns sprach.

„Der andere, Thorsten, 33 Jahre alt, hat in Zürich Maschinenbau studiert, wurde in Paris promoviert und steht jetzt am Lehrstuhl für Maschinenbau an der RWTH Aachen vor einer Professur."

„Also ist Thorsten noch erfolgreicher als sein großer Bruder."

„Wieso?"

„Na ja, hör mal: Als Professor?"

„Ach so, habe ich unterschlagen", sagte Winand fast entschuldigend. „Thomas hat eine Professur in Madrid, die er aber nur nebenberuflich ausübt."

„Da kann man ja als Vater mit einem Doktortitel richtig Minderwertigkeitskomplexe bekommen."

Anna-Karina wollte Winand provozieren, doch der blieb gelassen.

„Warum sollte ich? Das gibt es keinen Grund. Ich habe eine Professur ausgeschlagen, damals, vor knapp zehn

Jahren, nachdem ich aus dem Staatsdienst ausgeschieden bin. Wenn ich gewollt hätte, wäre ich jetzt ordentlicher Professor in St. Gallen und könnte ein Leben zwischen Bodensee und Bergen genießen."

„Warum wolltest du nicht?"

„Es war nicht die Zeit dafür." Winands Miene verdunkelte sich. „Andere Sachen waren wichtiger."

„Und welche?"

„Neben der Begleitung der Kinder, vor allem die Unterstützung meiner Frau, die übrigens Professorin an der Musikhochschule war."

„War?" Anna-Karina wurde hellhörig. Wieso war? „Und jetzt?"

„Ja, war. Jetzt geht Maria ihren eigenen Weg."

„Ohne dich?"

„Ohne mich."

„Wieso?"

„Maria lebt in ihrer eigenen Welt, in der für mich kein Platz ist."

„Deshalb sehe ich dich immer allein."

„Richtig. Deshalb bin ich immer allein auf Achse." Winand rang sich ein Lächeln ab. „Na, ja, fast immer allein. Manchmal bist du ja bei mir."

Anna-Karina hörte über die Bemerkung hinweg. „Wenn ihr in getrennten Welten lebt und du immer alleine bist, könnte man ja auch mal an Scheidung denken."

„Eine Scheidung war bisher kein Thema." Winands Stimme gewann unvermittelt an Schärfe. „Dazu gab es bis jetzt keine Veranlassung und keine Notwendigkeit.

So etwas kostet nur und sorgt zwangsläufig für Streit in der Familie." Er lächelte gequält.

„Aber es muss ja beim Leben in unterschiedlichen Welten nicht immer gleich zu einer Trennung kommen. Oder?"

Platzte jetzt ihr Traum? Nein, redete sich Anna-Karina ein, ein Traum hätte nur platzen können, wenn es ihn auch gegeben hätte.

Sie und Winand waren kein Liebespaar. Sie waren Freunde, vielleicht Vertraute. Liebe? Eher nicht. Sympathie und vielleicht ein wenig mehr. Ein Wohlgefühl, wenn sie seine Nähe spürte, seine Stimme hörte und seinen Geruch wahrnahm. Aber war das Liebe? Zur Liebe gehörte auch ein körperliches Verlangen, und das war nicht da. Bei ihm nicht und auch nicht bei Ihr. Oder doch? Oder verdrängte sie das Verlangen nur und machte sie es zum Teil ihrer nächtlichen Träume von Winand?

„Was ist, Anna-Karina?" Winands besorgte Frage riss sie aus ihren Gedanken.

„Nichts. Ich muss los." Sie entschuldigte sich und stand auf. „Ich muss den Hund ausführen. Mein Sohn, der an der Reihe ist, hat urplötzlich keine Zeit. Sagt der mir so nebenher beim Frühstück zwischen Tür und Angel", log sie.

Sie wollte weg, weg von Winand, weg von seiner Nähe. Wie gut, dass sie eine Zukunft mit Rüdiger hatte!

„Darf ich?" Winand hatte vor ihr stehend die Arme ausgebreitet."

„Du musst", hörte Anna-Karina sich sagen und umklammerte den Mann, der ihr eben zu verstehen gegeben hatte, dass er sich nicht scheiden lassen würde.

„Ich lass dich nicht im Stich, Prinzessin", flüsterte Winand ihr ins Ohr. „Wir entscheiden über uns. Genieße den Augenblick."

Es fiel Anna-Karina schwer, sich aus seinen Armen zu lösen.

„Ich muss wirklich", sagte sie leise und küsste ihm zum Abschied auf die Wange. Schnell entfernte sie sich in Richtung Ausgang.

Winand brauchte nicht zu sehen, dass ihr die Tränen kamen.

# 15.

Wie hatte Anna-Karina die Mitteilung über seine Ehe aufgefasst? Winand war sich nicht schlüssig über ihr Verhalten. Zum einen hielt sie nach wie vor den Kontakt per Internet zum ihm, zum anderen wirkten ihre Nachrichten oberflächlicher, weniger vertraut, als halte sie Distanz zu ihm. Er grübelte lange. War er zu weit gegangen mit seiner Äußerung im Park? Irgendwann hätte er ihr doch sagen müssen, dass er verheiratet ist und zwei erwachsene Kinder hat. Hätte er ihr mehr sagen müssen? Oder hätte er ihr verschweigen sollen, dass eine Scheidung für ihn kein Thema war? Aber das durfte keine Rolle spielen in seinem Verhältnis zu ihr, sofern er ihre Beziehung überhaupt als Verhältnis ansehen sollte. Sie waren kein Liebespaar, das musste ihr ebenso schmerzlich bewusst sein wie ihm – und sie würden nach Stand der Dinge gewiss niemals eines werden können.

Ob sie die Situation ebenso bedauerte wie er, das stand auf einem anderen Blatt. Die Frage würde wohl ungeklärt bleiben.

Wie gut, dass Anna-Karina sich so schnell von ihm getrennt hatte bei ihrem letzten Treffen im Park. So brauchte sie nicht mitzuerleben, wie er mit den Tränen ringen musste. Er mochte sie mehr als alles auf der Welt und musste sie dennoch loslassen. Am liebsten hätte er sie für immer festgehalten. Doch sie war für ihn momentan nur im Internet erreichbar.

Umso mehr freute es ihn, als sie das nächste Treffen anregte.

„Wir wär's mit einem Spaziergang mit Hund?", hatte Anna-Karina ihn gefragt. Sie habe in dieser Woche Hundedienst und wollte gerne ins freie Feld, damit sich der Hund richtig auslaufen könne. „Wenn du willst, treffen wir uns auf dem Parkplatz an den drei Linden. Den kennst du doch?"

„Liebend gerne", hatte Winand schnell geantwortet und von ihr Tag und Uhrzeit für ihren Hundespaziergang erfragt.

Es fiel ihm schwer, ein Lachen zu verkneifen, als Anna-Karina mit dem angeleinten Hund auf dem Parkplatz auf ihn zukam.

„Was gibt es da zu lachen?", fragte sie bei ihrer flüchtigen Umarmung.

„Nichts." Er wollte ihr nichts sagen, dass ihre mittellange, wellige Frisur ziemlich große Ähnlichkeit zum Aussehen des braunen Cocker Spaniels an ihrer Seite hatte.

„Ich hatte für mich gewettet, wie du wohl gekleidet sein würdest", behauptete er, „und ich habe die Wette gewonnen."

Wie immer war Anna-Karina mit Bluse, Jeans und Stiefeln bekleidet.

„Stört es dich etwa?"

„Im Gegenteil. Ich finde, die Kleidung steht dir ausgesprochen gut", antwortete er. Wie ihr Körper unter ihrer Kleidung aussah, war nach wie vor seiner Fantasie überlassen.

Anna-Karina wirkte nachdenklich, in sich gekehrt, verschlossen, als sie über den Feldweg schlenderten, mit einem Auge immer nach dem umherlaufenden Hund blickend.

„Was ist mit dir?", fragte Winand besorgt.

Aber Anna-Karina schüttelte bloß den Kopf statt eine Antwort zu geben. Sie hatte lange überlegt, ob sie Winand zu Rate ziehen sollte. Aber konnte es schaden, wenn sie von ihm wissen wollte, was er von Rüdigers Heiratsantrag hielt?

Nachdem sie Winand über die Nachricht informiert hatte, hatten beide das Thema nicht mehr angesprochen; vielleicht in der Befürchtung, durch eine Diskussion darüber zu einem endgültigen Ergebnis zu kommen, das sie beide nicht wollten, dass sie sich nämlich aus dem Weg gehen müssten. Aber gab es eine andere Möglichkeit? Rüdiger würde es bestimmt nicht dulden, wenn sie Winand als Freund und Vertrauten an ihrer Seite behielt und mit ihm Dinge besprach, von dem er selbst nicht erfahren würde.

„Interessant", bemerkte Winand ruhig.

„Was ist interessant?" Anna-Karina war überrascht. „Was meinst du?"

„Interessant, dass du dich mit mir zu einem Spaziergang verabredest, um dann schweigend neben mir herzulaufen. Dir reicht wohl meine Gegenwart. Auf mein Gerede kannst du verzichten." Er lächelte sie verträumt an. „Wie auch immer, als meine Prinzessin stehen dir alle Wege offen."

„Hör auf, mich Prinzessin zu nennen!" Anna-Karina funkelte den wieder adrett und sauber in Polohemd und Jeans gekleideten Mann an. „Ich bin nicht deine Prinzessin."

„Sondern?"

„Eine Frau, die du zufällig kennengelernt hast und mit der du dich gerne triffst." Sie schluckte. „So wie ich mich natürlich auch gerne mit dir treffe."

„Also keine Einbahnstraße. Da bin ich ja erleichtert", bemerkte Winand leicht ironisch.

Aber vielleicht doch eine Sackgasse, dachte sich Anna-Karina. Sie atmete durch. „Was hältst du von Rüdigers Heiratsantrag? So nach einigen Tagen Distanz, seitdem du davon weißt." Endlich war die Frage in der Welt.

„Nach einigen Tagen des Nachdenkens, meinst du. Puh." Winand verzog sein Gesicht. Aus seiner egoistischen Sicht müsste er ihr vor der Heirat abraten. Hatte er das Recht dazu?

„Ich muss ihn ja nicht heiraten", meinte er mit einem Versuch, witzig zu sein, um schnell fortzusetzen. Durch die vermeintlich scherzhafte Bemerkung hatte er endlich den Einstieg in das Gespräch gefunden.

„Musst du ihn heiraten oder willst du ihn unbedingt und bedingungslos heiraten?"

Anna-Karina stöhnte. „Du stellst Fragen. Ich muss nichts außer irgendwann einmal sterben."

„Unsinn", entgegnete Winand in überraschender Strenge, „du weißt genau, was ich meine. Musst du Rüdiger heiraten?"

Anna-Karina ließ sich viel Zeit mit ihrer Antwort, weil sie auf Anhieb keine wusste. In gewisser Weise war sie auf Rüdiger angewiesen, das müsste sie einräumen. In erster Linie sorgte er dafür, dass sie und die Kinder nicht länger in finanzieller Ungewissheit lebten. Außerdem war Rüdiger der Mann im Haus, der auch einmal kritische Worte fallen lassen konnte, wenn ihm das Verhalten der Kinder missfiel. Wolfgang hörte inzwischen sogar mehr auf ihn als auf sie. Auch ihr tat es gut, einen anpackenden Mann an der Seite zu haben, wenn er denn zu Hause war. Außerdem gab er ihr die Zärtlichkeit und körperliche Nähe, auf die sie so lange verzichtet hatte.

Was war die Alternative zu Rüdiger? Das Alleinsein oder etwa Winand? Gab es überhaupt eine Alternative? Diesen Gedanken verwarf so sofort.

„Muss denn die Heirat sein?" Winand versuchte ihr bei der Antwort zu helfen. „Geht es nicht auch ohne Trauschein?"

„Rüdiger will."

„Und wenn du nicht willst, verlässt Rüdiger das warme Nest?"

„Vielleicht. Ich weiß es nicht." Anna-Karina wandt sich unbehaglich. „Ich glaube, ich möchte nicht länger alleine sein und in Ungewissheit leben. Ich muss endlich eine Sicherheit haben. Rüdiger wird sie mir geben. Er liebt mich."

„Er liebt dich so sehr, dass er dafür seine Familie aufgegeben hat?"

„Das hat mit mir nichts zu tun. Ich bin nicht der Grund. Rüdiger hat sich von seiner Frau getrennt, bevor er wieder mit mir zusammengekommen ist." Anna-Karina blickte zu Winand auf. „Vom ersten Augenblick an war wieder die Verliebtheit da wie bei unserem ersten Date."

„Also musst du ihn heiraten", Winand schluckte, „weil es die Liebe so will."

„Du wirst kompliziert, mein Lieber. Ich will Rüdiger heiraten, weil ich ihn liebe. Ich muss ihn heiraten, weil ich es will."

„Jetzt wirst du kompliziert." Winand lachte schallend, aber es wirkte nicht wie ein ehrliches Lachen, sondern eher wie ein verzweifeltes.

Anna-Karina zauderte, dann fragte sie: „Erteilst du uns denn unseren beziehungsweise deinen Segen?"

„Nein", sagte er blitzartig. Er schluckte. „Das kann und das will ich nicht. Ich kenne deinen Rüdiger nicht. Ich kenne nur dich. Und das leider nicht gut genug." Winand seufzte schwer und breitete die Arme aus. Er wusste genau, es war die falsche Zeit und es war der falsche Ort. Aber er konnte nicht anders.

„Am liebsten möchte ich dich hier auf der Stelle küssen …"

„Nein!", unterbrach Anna-Karina ihn spontan mit einer Barschheit, die sie selbst überraschte.

Wienand behielt seine Gelassenheit bei, als er unbeeindruckt seinen Satz beendete: „… aber das ist keine gute Idee. Also lasse ich es."

„Du brauchst es erst gar nicht versuchen", sagte sie schnell.

„Ich wollte es gar nicht versuchen", entgegnete Winand unaufgeregt, immer noch mit weit ausgebreiteten Armen. „Ist doch kein Problem, meine Beste. Lass dich umarmen."

Seinem Wunsch wollte Anna-Karina sich nicht verwehren. Sie wusste, dass er keine Grenzen überschreiten würde. Er würde sie nach wie vor mit größten Respekt behandeln.

Fest drückte Winand die Frau an sich, die die Umarmung genoss. Nach wenigen Sekunden löste er sich abrupt von ihr.

„Ich muss los", sagte er sachlich und nüchtern, als beende er ein Geschäftsgespräch, weil der nächste Termin schon anstand.

„Sollen wir nicht zusammen zurückgehen?" Anna-Karina war wegen seines distanzierten Verhaltens verunsichert.

„Nein, ist schon gut", antworte Winand knapp. „Ich muss noch irgendwohin." Noch einmal nahm er sie für einen kurzen Moment fest in den Arm. „Bis später. Wir sehen uns und hören voneinander."

Ehe Anna-Karina etwas sagen konnte, hatte er sich umgedreht und ging mit schnellen Schritten fort, ohne sich noch einmal nach ihr umzuschauen oder gar zu zuzuwinken.

Was war passiert?, fragte sie sich verdutzt. War Winand etwa eingeschnappt?

‚Mist! Mist! Mist', schimpfte sie vor sich hin. Was war schief gelaufen? Hatte sie etwas falsch gemacht? ‚Ich glaube schon', murmelte sie, obwohl sie es richtig fand, dass sie ihn zurückgewiesen hatte, und obwohl sie nicht wusste, was sie falsch gemacht haben könnte. Winand hatte sich wie ein Kleinkind benommen, das seinen Willen nicht bekam. ‚Wenn ich dich nicht küssen darf, dann rede ich nicht mehr mit dir!'

Wie konnte er nur? Sie sprach von ihrer Heirat mit Rüdiger und er wollte sie küssen.

Männer sind kompliziert, und je älter sie werden, umso schwieriger werden sie, dachte sie und geriet wieder ins Grübeln.

Was war bloß gerade falsch gelaufen? Zufrieden war Anna-Karina nicht mit dem unerwarteten Ende des Spaziergangs.

# 16.

„Man sollte alte Männer in die Tonne kloppen!" Christina war ziemlich verärgert, wie Anna-Karina sofort erkannte, als sie sich zu ihrer Freundin an den Café-Tisch setzte. „Auf solche merkwürdige Typen kann frau verzichten. Die Kerle sind so überflüssig wie … wer weiß was."

„Da will ich dir nicht widersprechen", entgegnete Anna-Karina, der immer noch die letzte, ziemlich unerwartet geendete Begegnung mit Winand durch den Kopf ging.

Sie hatte ihr den Appetit geraubt, so dass sie sich mit einem grünen Tee begnügte und den sonst üblichen, leckren Kuchen nicht beachtete. „Der alte Mann, das unbekannte Wesen."

„Nicht unbekannt, sondern hinterlistig", schimpfte Christina kauend. Sie schob ihre Sahne-Nuss-Torte hastig in sich hinein, als müsse sie sie vernichten, nicht genussvoll verzehren. „Da muss ich mich ernsthaft fragen, ist das schon senil oder volle Absicht, dass die Typen uns so auflaufen lassen?"

„Wie?" Anna-Karina stutzte. „Reicht es nicht, dass ich mich von einem alten Kerl an der Nase herumführen lassen muss. Du etwa auch?" Das passte gar nicht zu ihrer Freundin.

„Schlimmer", behauptete Christina, während sie heftig ihren Früchtetee kalt rührte. „Du und Wiwi, das ist doch nichts anderes als ...," sie überlegte kurz, „... als Blümchenkaffee mit Milchwölkchen. Bei euch ist doch nichts gelaufen, außer dass ihr zusammen laufen ward. Ihr habt ja gar nichts gemacht außer Plaudern. Das ist doch Pillepalle."

Ganz so war es ja wohl nicht. Anna-Karina wollte Christina widersprechen. Immerhin war Winand ihr Vertrauter, kannte ihre Probleme, war Ratschlaggeber. Er war ihr Freund, wenn sie Freundschaft als harmonische Beziehung ohne engere Bindung definierte. War er es noch oder war er es gewesen? Sie musste sich die Antwort auf ihre Frage schuldig bleiben. Sie wusste es nicht. Insgeheim hoffte sie immer noch, dass ihre Freundschaft fortgesetzt wurde, auch wenn er sie durch sein Verhalten beim Spaziergang verstört und die Beziehung gestört hatte.

Gewissermaßen legten sie eine Verschnaufpause ein, von der Anna-Karina nicht wusste, wie lange sie andauern würde. Sie wartete auf eine Nachricht von Winand. Schließlich war er fast schon fluchtartig gegangen, nicht sie.

„Was ist denn an deinem Herrn Professor so hinterlistig?" Anna-Karina verhehlte ihre Neugierde nicht. Sie bemühte sich, keine Schadenfreude aufkommen zu lassen. Wieso sollte es ihrer Freundin besser ergehen als ihr selbst. „Warum lässt er dich auflaufen?"

Christina schnaubte. „Da verplempere ich die besten Jahre meines Lebens mit einem Fast-Rentner, und der hintergeht mich."

„Hat der etwa eine Andere neben dir?" Anna-Karina war hellhörig geworden. „Oder, noch schlimmer, sogar eine neue Liebe? Vielleicht eine junge, intellektuell angehauchte Blondine mit langen Beinen?"

„Quatsch! Du bist blöd! ", fauchte die Journalistin. „Der soll doch froh sein, dass sich eine Frau wie ich mit ihm einlässt. Eine bessere Partie gibt es nicht. Der hat mich gar nicht verdient."

„Zur Sache!" Anna-Karina stöhnte auf. „Mit diesen Floskeln kommst du nicht weit. Solltest du als Redakteurin wissen. Wieso hintergeht der Medizinmann dich? Also Fakten auf den Tisch oder Klappe halten!"

Mit zornigem Blick schaute Christina ihre Freundin an. „Wusstest du, dass Konrad und Winand befreundet sind?"

„Oh." Anna-Karina konnte ihre Überraschung nicht verleugnen. Sie stand ihr förmlich ins Gesicht geschrieben. „Woher sollte ich das wissen? Und außerdem: Was ist daran so schlimm?"

Winand hatte fast nie über andere Menschen gesprochen, überlegte sich; außer über seine beiden Söhne und seine Frau Maria. Bei dem Gedanken an den Namen der Gattin schoss ihr wieder ein heftiger Stich durchs Herz.

„Ich habe das durch Zufall erfahren. Auf Konrads Schreibtisch lag ein handgeschriebener Brief deines greisen Freundes", berichtete Christina. „Ich habe nur den Briefkopf und die Anrede lesen können, da kam Konrad auch schon ins Zimmer zurück. Winand hat Konrad als ,Mein lieber Freund Konny' bezeichnet. Da habe ich Konrad natürlich gefragt, wie die Beziehung zueinander sind, und er hat mir, als sei es das Selbstverständlichste auf der Welt erzählt, dass er mit dem Grafen und dem Wielandt früher eine Clique gebildet hätte. Man stünde auch jetzt noch im regelmäßigen Austausch und würde über vieles reden."

Christina grinste böse: „Übrigens auch über dich, meine Liebe."

„Wie?" Anna-Karina war mehr als nur erstaunt, dass sie als Gesprächsthema unter Männern herhalten musste. „Was hat Winand denn über mich gesagt?", fragte sie hastig.

112

„Nichts", antwortete Christina zu ihrer Verblüffung. „Da muss ich dich enttäuschen." Das sei auch nicht das Problem und der Grund für ihre Verärgerung. „Aber ich dumme Kuh habe in meiner vertrauensseligen Art Konrad alles über uns beide als Freundinnen erzählt und über deine privaten Verhältnisse. Und der hat das brühwarm an Winand weitergetratscht. Der Herr Doktor Wielandt weiß wahrscheinlich besser über dich Bescheid als du selbst. Der kennt alles, was ich auch von dir kenne. Und dazu das, was du ihm erzählt und mir verschwiegen hast."

War das Wissen über sie der Grund von Winand gewesen, sich von ihr zurückzuziehen, nachdem sie ihn abgewiesen hatte?, überlegte sich Anna-Karina. Wusste er noch mehr über ihre finanzielle Klemme, als sie ihm gesagt hatte? Sie war pleite, arm wie eine Kirchenmaus – und wenn Rüdiger sie nicht heiraten würde, käme sie in verdammt große Not.

Jetzt bekam auch Winands Frage, ob sie heiraten müsse oder wolle, einen tieferen Sinn. Der kannte ihre fast schon ausweglose Lage, die unweigerlich in einer Privatinsolvenz enden würde, wenn Rüdiger sie nicht heiratete.

Nicht Christina war die dumme Kuh, sagte sich Anna-Karina, allenfalls war sie selbst es gewesen, denn sie hatte Christina berichtet. Doch wenn sie geschwiegen hätte, hätte ihr die Freundin wahrscheinlich nicht so viele Aufträge zugeschustert. Christina wusste über sie Bescheid. Die Katalogaufträge, die Fotoserien für Architekten brachten zwar immer wieder frisches Geld in die Haushaltskasse, aber unterm Strich war es doch zu wenig, um auf Dauer ein gesichertes Einkommen zu haben. Insofern war es richtig und sogar überlebenswichtig gewesen, Christina die immer näher rückende Aussichtslosigkeit ihrer wirtschaftlichen Situation darzulegen. Dass Christina darüber mit dem Professor sprach, stand auf einem anderen Blatt.

Anna-Karina konnte dafür sogar Verständnis aufbringen. Sie hatte bei Winand immer wieder Rat und Aufmunterung erfahren; nicht anders erging es wohl Christina bei Konrad.

Ärgerlich war allenfalls, dass Christina nichts von der Männerfreundschaft gewusst hatte.

„Jetzt herrscht also Eiszeit zwischen euch?", fragte Anna-Karina, „weil du erfahren hast, dass dein Freund mit meinem ... mit Winand befreundet ist. Versteh ich nicht."

Müsse Christinas Liebschaft enden, weil eine Freundschaft bestehe?

„Ich fühle mich schlecht, weil ich über dich geredet habe und Dritte davon erfahren", meinte Christina zerknirscht.

„Damit das nicht mehr passieren kann, schiebst du deinen Alten in den Wind?", fragte Anna-Karina verwundert.

„Na, ja." Christina suchte nach den richtigen Worten. „Ich kann schlecht damit umgehen, dass meine Vertraulichkeit missbraucht wird."

„Moment!" Anna-Karina unterbrach sie. „Konrad und Winand sind befreundet. Aber heißt das zwangsläufig, dass Konrad Winand auch alles erzählt, was er weiß. Ist es das, was du mir sagen willst?"

„Natürlich", antwortete Christina.

„Das weißt du?". Anna-Karina hakte nach.

„Das muss so sein. Wir beide reden ja auch über alles", antwortete Christina. Sie verstand Anna-Karinas Frage nicht.

„Wir sind Frauen. Das sind Männer. Und Männer ticken anders", behauptete Anna-Karina. „Hast du Konrad überhaupt gefragt, ob er über mich bei Winand geplaudert hat?"

„Nein. Das brauche ich nicht. Dann muss er getan haben. Wir beide reden ja auch über alles."

„Du bist wirklich eine dumme Kuh." Anna-Karina stöhnte.

„Die für dich gerne die Rechnung bezahlt." Christina blickte ihre Freundin verwundert an. „Dass du dich so auf die Seite der Männer schlägst, lässt mich ein bisschen staunen." Sie suchte nach ihrer Geldbörse. „Und was machst du jetzt als Nächstes? Ohne oder mit Winand?"

Anna-Karina zögerte mit der Antwort. Wenn sie Christina berichtete, würde diese vielleicht Konrad erzählen und der die Information an Winand weitergeben, was ihr unangenehm war. Die Unklarheit, ob es tatsächlich so geschehen würde, stand im Raum, dachte sie. Sie rieb sich die Augen.

„Ich werde Rüdiger bei einem Auslandsaufenthalt begleiten. Wir haben da ein paar Tage nur für uns, ehe er
seine Termine hat", sagte sie endlich.

# 17.

Christina sollte die tolle Neuigkeit unbedingt als Erste erfahren.  Anna-Karina hatte sie in ihr Lieblingscafé einladen wollen.
Doch kam ihr die Freundin mit einer eigenen Einladung
zuvor, wenn auch nicht ins Café. Ihr stand nicht der Sinn
nach Kaffee und Kuchen.
„Es gibt was zu feiern", hatte Christina im Telefonat gesagt, bevor Anna-Karina überhaupt mit ihren Anliegen
loslegen konnte. „Du kommst garantiert nicht drauf, was
passiert ist. Darauf müssen wir heute einen trinken. Ich
lade dich ins beste Restaurant der Stadt ein. Nur du und
ich, sonst niemand. Ich reserviere sofort noch einen
Tisch."
Anna-Karina wunderte sich. „Ich denke, in dem heiligen
Futtertempel läuft nur mit monatelanger Vorbestellung
was? Oder macht etwa dein Medizinmann eine Bevor-
zugung möglich?"

„Der ist nicht da." Christina lachte. „Und außerdem brauche ich ihn nicht dafür. Das kriege ich auch ohne meinen Medizinmann hin. Du kommst doch? Oder nicht? Ich lasse keine Absage zu."

Selbstverständlich werde sie kommen, versicherte Anna-Karina erfreut. Auch sie hätte etwas zu feiern, wollte sie Christina sagen. Doch fehlten ihr just die Worte und die Gelegenheit, weil die Freundin sie schlichtweg mit dem Angebot eines exquisiten Essens überrumpelt hatte.

Zwei Dingen schienen ihr allerdings klar. Christina hatte sich mit dem Professor versöhnt, anderenfalls hätte sie sich negativ über ihn geäußert. Auch schien es sich bei der Gelegenheit nicht um eine private Angelegenheit zu handeln, weswegen es etwas zu feiern gab. Eine Verlobung oder gar Heirat hätte Christina nicht für sich behalten können; selbst nicht für die wenigen Stunden bis zu ihrem Treffen.

„Du kannst ja richtig kombinieren", lobte Christina während des Essens, das mehr kosten würde, als Anna-Karina in einer Woche verdienen konnte. „Anna-Karina, du hast zweimal Recht: Konrad und ich waren, sind und bleiben ein Herz und eine Seele. Und der Feiergrund ist tatsächlich nicht privater Natur."

„Also beruflich." Viel kam nicht in Frage, dachte sich Anna-Karina. Außer dem Medizinmann und ihrem Beruf hatte ihre Freundin keine anderen Hobbys, wie sie selbst ihre berufliche und ihr private Aktivität scherzhaft bezeichnete. Eine Kündigung und einen Wechsel in eine andere Stadt schloss Anna-Karina aus. Dafür war Christina mit dieser Stadt, die in den letzten Jahren und wegen des Arztes zu ihrer Heimatstadt geworden war, zu sehr verwachsen. Bestimmt war Christina befördert worden.

„Vermute ich richtig?" fragte sie mit großer Vorfreude auf die Antwort.

„So ist es. Ich bin mit sofortiger Wirkung zur stellvertretenden Chefredakteurin ernannt worden", verkündete Christina stolz.

„Gratuliere."

„Danke. Und das wird auch für dich nicht von Nachteil sein, meine Liebe." Christina hob ihr Weinglas an, um mit Anna-Karina anzustoßen. „Jetzt kann ich dir noch mehr Aufträge verschaffen."

„... die ich nicht annehmen werde", fiel ihr Anna-Karina ins Wort.

„Warum nicht?" Christina sah ihre Freundin überrascht an.

„Weil ich nicht mehr die Zeit für weitere Aufträge haben werde. Ich werde sogar weniger arbeiten und Aufträge von dir ablehnen müssen und mich stattdessen mehr um meine Familie kümmern."

Anna-Karina lächelte zufrieden. „Es weiß noch niemand: Ich und Rüdiger werden bald heiraten." Sie nahm den verständnislosen Blick ihrer Freundin einfach nicht zur Kenntnis. „Rüdiger und ich haben tolle Tage zusammen verlebt. Bevor ich zurückgeflogen bin, hat er seinen Heiratsantrag noch einmal wiederholt und ich habe ‚Ja' gesagt. Noch in diesem Jahr ist es so weit, wahrscheinlich im Dezember, denke ich mal. Auch wenn Rüdiger noch keinen festen Zeitpunkt genannt hat, werde ich wohl zum Jahreswechsel verheiratet sein."

Anna-Karina sah ihre nachdenkliche Freundin an. „Jetzt freue dich doch mit mir. Ich freue mich doch auch für dich und deine neue, tolle Stelle."

„Du meinst es also wirklich ernst?", fragte Christina mit verkniffener Miene, als sei der Bissen des Kalbsmedaillons total versalzen.

„Ja, todernst. Endlich machen Rüdiger und ich das, was wir schon vor fast 30 Jahren hätten tun müssen. Wir heiraten!"

„Gratuliere", murmelte Christina, aber ihr was anzusehen, dass ihr Glückwunsch nicht von Herzen kam. Sie legte das Gesteck zur Seite und tupfte sich mit der Stoffserviette über die Lippen. „Die Kinder sind begeistert von deinem Plan?"

„Die haben jedenfalls nicht protestiert", antwortete Anna-Karina. Sie wollte sich nicht beirren lassen. „Die sehen natürlich auch die Vorteile."

„… der finanziellen Sicherheit", platzte Christina dazwischen.

Anna-Karina hörte über den unausgesprochenen Vorwurf ihrer Freundin hinweg, sie würde Rüdiger nur wegen der materiellen Absicherung heiraten wollen. „Die Kinder sind bald aus dem Haus. Und dann möchte ich nicht alleine sein, sondern einen Mann an meiner Seite haben." Sie stöhnte. „Ist das denn so abwegig und schlimm, wenn ich den Mann heirate, den ich schon vor

Jahrzehnten hätte heiraten sollen?" Was in der Vergangenheit gewesen war und sie getrennt hatte, war vergessen und verziehen. Sie und Rüdiger würden sich ihren Neuanfang von niemandem vermiesen lassen. „Gönnst du mir mein Glück etwa nicht?", fragte sie bekümmert.

Christina schüttelte den Kopf. „Unfug. Natürlich gönne ich dir dein Glück. Warum soll ich dir nicht das Beste wünschen? Aber ich glaube nicht, dass du es mit Rüdiger finden wirst."

„Warum nicht?"

Christina musste eine konkrete Antwort schuldig bleiben. „Ich weiß es, ich spüre es." Lange und nachdenklich betrachtete sie ihre Freundin, bevor sie fortfuhr. „Lass es dir von mir gesagt sein: Dieser Mann bringt dir kein Glück."

„Dieser Man tut mir gut", widersprach Anna-Karina heftig. „Rüdiger gibt mir alles, was ich brauche und haben will."

„Liebe?"

„Die auch", antwortete Anna-Karina, wenngleich sie nicht wusste, wie sie diese Liebe definieren sollte. Die berühmten Schmetterlinge im Bauch, die sie als Jugendliche verspürt hatte, waren es jedenfalls nicht. Es war irgendetwas anderes, was ihr ein Gefühl gab, Rüdiger sei der Mann, mit dem sie ihr jetziges und zukünftiges Leben teilen wollte.

Christina legte das Besteck zur Seite, tupfte mit einer Serviette über die Lippen und griff zum Weinglas. „Okay.

Es ist einzig und allein deine Entscheidung und es ist einzig und allein dein Leben. Dann wünsche ich dir hiermit offiziell und in aller Form alles Gute."

„Mit dir als Trauzeugin." Spontan machte Anna-Karina den Vorschlag. Er war ihr urplötzlich in den Sinn gekommen.

Die Journalistin verschluckte sich heftig. „Muss das sein?", krächzte sie erschrocken und keineswegs begeistert, nachdem sie endlich die Stimme wiedergefunden hatte.

„Ich wüsste nicht, wen ich sonst nehmen soll", entgegnete Anna-Karina. „Außerdem bist du meine Freundin. Wenn nicht du, wer dann?"

„Nimm doch Winand", schlug Christina vor. „Winand macht das bestimmt."

Warum ihr bei der Namensnennung des Mannes der Puls in die Höhe schoss, wollte Anna-Karina nicht hinterfragen.

„Winand ist fehl am Platze", hörte sie sich zu ihrem eigenen Entsetzen sagen. An ihn als Trauzeuge hatte sie nicht gedacht. Außerdem würde Rüdiger nicht begeistert sein.

„Weiß Doktor Wielandt eigentlich schon Bescheid?" Christina hakte nach, als hoffe sie, hier den Hebel zu finden, Anna-Karina doch noch von der Hochzeit mit Rüdiger abzubringen.

Anna-Karina druckste herum. „Über den Heiratsantrag habe ich mit ihm gesprochen. Ich glaube, das fand Winand nicht gut. Seitdem habe ich ihn nicht mehr gesehen."

„Dann weiß er also nichts von deiner baldigen Heirat?", fragte die beharrliche Journalistin, die endgültig ihre Mahlzeit beendet und die Stoffserviette auf dem Teller abgelegt hatte.

„Warum sollte er? Der hat seine Familie mit Frau und Kindern. Gibt es einen Grund, warum ich ihn informieren soll?" Anna-Karina funkelte Christina an. „Ich wette darauf, dass er spätestens morgen ohnehin Bescheid weißt, weil du deinem Medizinmann brühwarm erzählen wirst und der Tratschonkel unverzüglich seinen Freund ins Bild setzt. Aber das ist mir, ehrlich gesagt, schnurzpiepegal."

„Wirklich?"

„Wirklich", antwortete Anna-Karina. Doch wirklich überzeugt war sie nicht. Aber es ging nicht anders. Winand war eine harmlose Randerscheinung in ihrem Leben, der nie mehr hätte werden können und der nie mehr werden würde.

# 18.

*„Konrad hat mir berichtet, dass Du heiraten wirst. Gratuliere.“*

*Anna-Karina war erschrocken über die Nüchternheit, in der Winand seine Nachricht verpackt hatte. Quellenangabe, Faktum, Gratulation. Das war's. Er hätte doch wenigstens ein nettes Wort schreiben können. Prinzessin etwa oder so. Aber die unverkennbare Distanz in seinen Worten konnte nur bedeuten, dass er mit ihr abgeschlossen und nur anstandshalber diese Nachricht geschickt hatte.*

*Wie sollte sie bloß darauf antworten? Gar nicht oder nur knapp? Sie überlegte nicht lange und ließ die Finger kurz über die Tastatur fliegen.*

*Ihre Antwort bestand aus einem Wort: „Danke.“*

*Das war ja wohl mehr als deutlich, dachte sich Winand, als er das einzige Wort las, mit dem Anna-Karina auf seine Gratulation antwortete. Offensichtlich legte sie keinen großen Wert mehr auf eine Unterhaltung mit ihm. Die Begegnung im Park mit dem bescheuerten Ende würde wohl ihre letzte gewesen sein, was er Zeit seines Lebens bedauern würde. Wahrscheinlich hätte es am Ergebnis nichts geändert, wenn er mehr preisgegeben oder er sich zurückgehalten hätte. Falscher Zeitpunkt, falscher Ort, sagte er sich wieder. Würde er auch die falsche Frage stellen?*

„Wollen oder müssen?"

‚Winand, du nervst', sagte Anna-Karina sich. Natürlich wollte sie. Endlich hatte sie bei Rüdiger die Geborgenheit wiedergefunden, die sie verloren hatte und sie hatte das Vertrauen in ihn zurückgewonnen. Sie waren zu jung gewesen bei ihrer ersten Beziehung. Rückblickend betrachtet war es normal gewesen, dass ihre Liebschaft enden würde, sie waren nicht nur zu jung gewesen, sondern auch zu unerfahren, zu wenig im Leben stehend, unwissend auf der Suche nach mehr und nach Neuem. Die räumliche Trennung hatte zur gefühlsmäßigen Trennung geführt, hatte zur gefühlsmäßigen Trennung führen müssen. Jetzt, so viele Jahre später, waren die Gefühle gefestigt, das Vertrauen stark, die kurzzeitigen, berufliche bedingten Trennungen bedeutungslos. Sie würden stets aufeinander warten und füreinander sein. Da war die Heirat kein Muss. Das müsste auch Winand erkennen. Wenn er es nicht erkennen könnte, wäre das sein Problem, nicht ihres.

„Ich will."

Sollte er Anna-Karina glauben? Es war ihr Wille, diesen Rüdiger zu heiraten. ‚Ich muss es akzeptieren. Ich kenne den Mann nicht', sagte sich Winand. Wenn Anna-Karina sich für diesen Rüdiger entschieden hatte, wäre das ihre Sache, nicht seine. Er würde sich nicht einmischen. Dazu hatte er kein Recht. Winand runzelte nachdenklich die Stirn, während er auf den Bildschirm starrte, als könne darauf ein Gedanke aufblinken. Anna-Karina würde kurz über lang den Kontakt zu ihm abbrechen, sogar abbrechen müssen, wenn er sich an Rüdigers Eifersucht erinnerte, von der sie gesprochen hatte. Oder sollte er doch versuchen, Anna-Karina von ihrer Entscheidung abzubringen? Warum sollte er?, fragte er sich. Würde es ihm etwas nützen? Vielleicht bedeutete ihm die Frau doch mehr, als er zugeben wollte und als es gut war. Es wäre Maria gegenüber nicht richtig, sich von ihr abzuwenden und stattdessen einen wahrscheinlich aussichtslosen Kampf um Anna-Karina zu führen. Nein!, entschied Winand für sich. Das Thema ist durch. ‚Ich werde nichts unternehmen, was Anna-Karinas Glück schaden würde, auch wenn es ihr Unglück werden könnte.‘ Kurz und schnell trommelte er mit den Fingern auf die Schreibtischplatte, dann schrieb er die nächste kurze Nachricht an die ungewöhnliche Frau, deren Bild er Tag und Nacht vor Augen hatte.

„Viel Glück.“
Geht's noch! Anna-Karina schimpfte vor sich hin. Mehr hatte Winand nicht zu schreiben? Andererseits fragte sie sich: ‚Was kümmert es mich?‘ Irgendwie tat es ihr schon Leid, die freundschaftliche Beziehung zu dem älteren Mann austrudeln zu lassen. Auch Winand tat ihr Leid. Dass er sie sympathisch fand, war ja offensichtlich gewesen. Und selten hatte ihr ein Mann so nette Komplimente gemacht. Davon konnte sich Rüdiger eine Schnitte abschneiden. Im Vergleich zu Winand war der Zukünftige ein ungehobelter Charmebolzen, bei dem selbst das bestgemeinte Kompliment nicht zündete. Auch beim

Umgang mit Menschen und der Höflichkeit schnitt Winand besser ab, vom eleganten Aussehen einmal ganz abgesehen. Alles keine Gründe, entschied Anna-Karina für sich. ‚Rüdiger ist mein Mann und ist meine Zukunft.‘ Für ihn würde sie sogar auf ihre Selbstständigkeit verzichten und die Fotoausrüstung nur noch für private Zwecke nutzen. Rüdiger würde für sie und die Kinder sorgen. Das hatte er mehrmals versprochen. Und sie würde nur für ihn da sein, auf ihn warten, ihn umhegen. Das war ihr Beitrag zum gemeinsamen Leben. Sie würde liebend gern in erster Linie Ehefrau und Mutter sein und in diesem Bewusstsein ihre berufliche Tätigkeit bis auf Null zurückfahren. Die neue Familie ging vor! Dafür brauchte ihr Winand kein Glück zu wünschen. Das hatte sie bereits.

Wieder beließ sie es bei ihrer Antwort bei einem einzigen Wort.

„Danke.“

Schade, dachte er sich. Anna-Karina blieb distanziert, statt, wie er insgeheim doch gehofft hatte, mit einer versöhnlichen Erwiderung zu antworten. Aber offensichtlich meinte sie es in zweierlei Hinsicht vollkommen ernst: Sie wollte Rüdiger heiraten und sie wollte die freundschaftlich-vertraute Beziehung zu ihm beenden oder zumindest herunterfahren bis zum Einfrieren. Zugleich war Winand froh, dass sie ihm nicht Fragen stellte wie: ‚Freust du dich für mich?‘ Was hätte er darauf antworten sollen? ‚Ehrlich gesagt: nein‘? oder: ‚Das kann nicht wirklich dein

*Ernst sein'? Aber dieses nüchterne, nicht einmal von Her-*
*zen kommende ,Danke' war eindeutig. Rational nach-*
*vollziehbar war Anna-Karinas Entscheidung allemal.*
*Rüdiger gab ihr eine Zukunft. Emotional fiel es Winand*
*schwer, sich mit ihrer Entscheidung, die so absolut war,*
*abzufinden. Er verlor eine Vertraute, einen Menschen,*
*der ihm ungemein viel bedeutete und der ihm in dieser*
*Zeit mehr geholfen hatte, als diesem Geschöpf bewusst*
*gewesen war. Er hatte nie mit Anna-Karina darüber ge-*
*sprochen, was sie tatsächlich für ihn und in ihm bewirkt*
*hatte. Jetzt war es zu spät. Jetzt würde sie kein Gehör*
*mehr für ihn haben, nachdem er sie bisher nicht mit sei-*
*nen Problemen belastet hatte, weil ihre eigenen zu*
*schwer waren. Demnächst hatte sie andere Dinge im*
*Kopf, als sich mit ihm und seinen Problemen auseinan-*
*derzusetzen. ,Schade', seufzte er und schaltete den Rech-*
*ner aus. Die Verbindung zu Anna-Karina war unterbro-*
*chen, wahrscheinlich sogar für immer beendet. Morgen*
*würde er ihren Namen aus der Adressenliste streichen*
*und ihre gegenseitigen Nachrichten aus dem Speicher lö-*
*schen, nahm er sich vor. ,Lebe wohl, meine Liebe', sagte*
*er. Es würde das letzte Mal sein, dass er einen Gedanken*
*an Anna-Karina verlieren würde. Das nahm er sich jeden-*
*falls vor.*

# 19.

„Winand antwortet mir nicht. Und er schreibt mir nicht einmal mehr." Anna-Karinas Bemerkungen wirkten wie empörte Vorwürfe.

„Ja, und?" Christina sah ihre Freundin fragend an. „Soll ich Herrn Doktor Wielandt etwa auffordern, sich bei dir zu melden?" Sie schüttelte den Kopf. „Das ist dein Problem, wenn du es dir zu einem Problem machst. Ich denke, der Kerl ist dir schnuppe. Erzählst du jedenfalls immer, ob ich es hören will oder nicht. Außerdem hast du ja einen Stern namens Rüdiger." Die Journalistin lächelte grimmig. „Oder ist Rüdiger bloß eine Sternschnuppe?"

„Blödfrau!" Anna-Karina ärgerte sich über Christina. Aber noch mehr ärgerte sie sich über sich selbst, weil sie sich immer noch viel zu viele Gedanken wegen Winand machte.

„Der Senior hat die einzig richtige Entscheidung für sich getroffen und die sinnvollste für dich", behauptete Christina. „Er hat mit dir abgeschlossen. Was will er auch mit einer bald mit ihrer Jugendliebe verheirateten Frau kommunizieren, die ihn so knallhart hat abblitzen lassen?"

„Habe ich nicht", widersprach Anna-Karina zu heftig und viel zu laut, so dass sich die Gäste an den Nachbartischen in ihrem Stammcafé schon irritiert umschauten. „Ich habe ihn doch nicht abblitzen lassen", fuhr sie flüsternd fort. „Nur weil ich seinen dämlichen Wunsch abgelehnt habe, mich zu küssen?"

Christina winkte kopfschüttelnd ab. „Der wollte dich doch gar nicht küssen, wenn du seine Bemerkung richtig wiedergegeben hast. Du hast mir gesagt, und ich zitiere dich jetzt, dass Winand dir wortwörtlich gesagt hat: ‚Ich würde dich gerne küssen, aber das ist keine gute Idee.‘ Stimmt's?"

Anna-Karina musste ihr beipflichten. So oder so ähnlich hatte sich Winand ausgedrückt. Sie wollte sich nicht auf den wahren Wortlaut festlegen lassen

„Für mich ist der Fall sonnenklar", folgerte Christina. „Ich würde auch so reagieren wie er, wenn ich an seiner Stelle wäre."

„Wieso?"

„Winand hat von dir eine eindeutige Ablehnung erhalten, obwohl er gar nichts wollte. Das sagt doch wohl alles und lässt nur einen Schluss zu." Christina grinste beim Nippen an der Kaffeetasse. „Jetzt liegt der Ball in deinem Feld, würde ich sagen. Winand wird sich nicht mehr bemühen. Der hat mit dir in jederlei Hinsicht abgeschlossen. Wenn du noch irgendetwas von ihm willst, musst du dich regen."

„Meinst du wirklich?" Anna-Karina beäugte ihre Freundin skeptisch.

„Aber du willst ja nichts von dem alten Mann", fuhr Christina unbeirrt fort statt zu antworten. „Du hast ja deinen einmaligen Rüdiger." Sie seufzte schwer. „Auch wenn es nichts mit Winand zu tun hat und im Prinzip eine ganz andere Baustelle ist: Der Kerl ist nichts für dich. Lass es dir noch einmal gesagt sein, bevor es zu spät ist."

Anna-Karina war es leid, sich immer wieder die Zweifel an Rüdiger anhören zu müssen. „Wenn du noch einmal so etwas sagt, ist unsere Freundschaft vorbei", sagte sie ungehalten. „Und außerdem: Winand kann mir gestohlen bleiben." Sie atmete tief durch, als müsse sie selbst erst den Sinn ihrer Worte sacken lassen.

Beide Aussagen trafen nicht zu, das wusste Anna-Karina ganz genau. Aber sie würde es nicht zugeben. Lieber würde sie sich die Zunge abbeißen.

Sie brauchte Christina als Freundin auch in der Zukunft, und sie brauchte Winand. Das hatte sie in den letzten Tagen gespürt, als er ins Schweigen versunken war und ihre Mails unbeantwortet blieben. Sie suchte nach einem Weg, wie sie den Kontakt zu ihm wieder aufbauen konnte, ohne dass es so schien, als wolle sie mehr von ihm als seine Stimme, seine Blicke, seine Gesten, seine Umarmungen, seine Nähe und seine Ausstrahlung, die sie beruhigten und zum Lachen brachten, die sie verstörten und beflügelten, die sie hadern und frohlocken ließen.

Sie brauchte den Kerl – irgendwie. Aber sie wollte nicht, dass Winand glaubte, sie wollte etwas von ihm. Den Weg dorthin, den hatte sie noch nicht gefunden. Vielleicht brauchte sie ihn gar nicht zu suchen, wenn es Rüdiger gelingen könnte, sie und ihre Gedanken ganz für sich zu vereinnahmen.

Danach sah es aber momentan nicht aus. Ganz im Gegenteil.

„Rüdiger benimmt sich merkwürdig, seitdem ich seinen Heiratsantrag angenommen habe", platzte es unsicher aus ihr heraus. „Wenn wir miteinander telefonieren, ist er unkonzentriert. Wenn er das Wochenende in seiner Wohnung verbringt, will er erst gar nicht, dass ich ihn anrufe, sondern auf seine Anrufe warte. Zu einer Betriebsfeier am nächsten Wochenende will er mich nicht einmal mitnehmen, sondern alleine gehen. Das kenne ich eigentlich nicht von ihm."

„Dein Rüdiger bekommt kalte Füße", kommentierte Christina schnell mit triumphierender Hochnäsigkeit, um sich sofort gestenreich zu entschuldigen und in ihrer Wortwahl zu mäßigen. „Ich glaube, dass ist eine Art Torschlusspanik. Das hat nicht wirklich etwas zu bedeuten, würde ich sagen, meine Liebe. Da brauchst du dir keine Sorgen zu machen. Der will bestimmt keinen Fehler machen, damit du es dir nicht doch noch anders überlegst und ihn in den Wind schießt." Sie grinste breit übers Gesicht. „Ich finde es übrigens gut, dass du am Wochenende alleine im Lande bist und nicht in den Armen deines Rüdigers liegst. Ich habe nämlich, so glaube ich, ein ausgesprochen leckeres Zuckerplätzchen für dich, ein Highlight in deinem journalistischen Leben, würde ich in aller Bescheidenheit sagen."

„Und das wäre?", fragte Anna-Karina vorsichtig. Jugend musiziert oder Dorftheater, Männergesangverein oder Hobbyautoren – zu welchem vermeintlich kulturellen Ereignis wollte Christina sie schicken?

„Quatsch! Für so einen Kleinkram habe ich die Hansel in der Lokalredaktion", antwortete die Journalistin lässig.

„Am Samstag gibt es im großen Schlosssaal den Ball der gräflichen Kulturstiftung, und du sollst für mich und für unseren Grafen als Exklusivfotografin fungieren. Da kommen nicht nur etliche Prominente, da kommen auch ein paar Riesen für dein Portemonnaie zusammen. Das ist doch besser als so eine unegale Betriebsfeier an der Seite deines Rüdigers. Stimmst du mir zu oder habe ich recht?"

„Oh!" Anna-Karina war erstaunt und erfreut zugleich. Dieser Ball war das gesellschaftliche Ereignis der Stadt, zu dem man eingeladen und das nicht großartig ange-kündigt wurde. Die Öffentlichkeit erfuhr meistens erst später durch die Berichterstattung in der Tageszeitung davon. Bisher war es ihr noch vergönnt gewesen, dort fotografieren zu dürfen, da hatte sie warten müssen, bis ihre Freundin zur stellvertretenden Chefredakteurin ge-worden waren. Dabei zu sein, war für jeden eine Ehre. Mehr ging nicht. Selbst, wenn es sich Rüdiger anders überlegen sollte, und sie zu seiner Betriebsfeier mitneh-men wollte, würde sie ihn nicht begleiten. Wer beim Ball zugegen war, der gehörte zur Gesellschaft. Bessere Kon-takte konnte sie überhaupt nicht knüpfen. Dieser Ball konnte ihr beruflich neue Türen öffnen. Da konnte sie einfach nicht ablehnen.

„Wie komme ich zu der Ehre einer Teilnahme?", fragte sie hocherfreut.

„Weil ich zu der Ehre komme", antwortete die Journalis-tin. „Unser Chefredakteur ist verhindert, da hat er mich als Repräsentantin unserer Zeitung auserkoren. Ist doch klar, dass ich mir dann aussuche, welche Fotografin ich dabei haben möchte." Sie schmunzelte kurz.

„Eine Bedingung gibt es allerdings, bevor ich dich zur Haus- und Hoffotografin ernenne", gab Christina mit einem kritischen Blick auf Anna-Karinas Bluse und Jeans zu bedenken. „So nehme ich dich nicht mit. Da fliegst du schon am Eingang wieder raus. Abendgarderobe ist zwingend vorgeschrieben." Die Journalistin grinste frech: „Stell dir vor, der elegante Winand im Smoking fordert dich, im Lumpensack gekleidet, zum Walzer auf. Das geht beim besten Willen nicht. Was sollen da bloß die Leute denken?"

Anna-Karinas Herz schlug unvermittelt schneller. „Kommt der etwa auch?" Dann würde sie es sich vielleicht doch noch überlegen, trotz des lukrativen Auftrags, dorthin zu gehen. Sie hatte keine plausible Erklärung dafür, dass sie Winand aus dem Weg gehen wollte. Aber es würde das Beste für sie sein.

„Keine Sorge, der hat die Einladung ausgeschlagen, hat mir der Graf gesagt. Angeblich aus familiären Gründen", beruhigte Christina die verunsicherte Freundin. Sie lächelte milde. „Also besteht keine Gefahr und keine Konkurrenz für Rüdiger und gibt es keinerlei Versuchung für dich, meine Liebe."

# 20.

Grauer Hosenanzug mit weißer, fast durchsichtiger Bluse? Oder doch das lange, rückenfreie Abendkleid mit dem unverschämt tiefen Dekolleté?

Anna-Karina entschied sich für das Kleid, nicht zuletzt aus der Überlegung heraus, dass die Bluse bei heißer, feuchter Luft im Saal vielleicht mehr offenbarte, als angemessen schien. Das Sommerkleid hingegen war luftig und leicht – und passte außerdem besser zu den Pumps mit den Stilettoabsätzen. Die Zeiten, in denen frau ab 40 brav, bieder und langweilig gekleidet sein musste, waren längst vorbei, dachte sich Anna-Karina. Warum sollte auch eine Frau in ihrem Alter nicht modern und jugendlich frisch daherkommen?

Als sie im Schloss erschien, wurde Anna-Karina augenscheinlich bewusst, dass sie die richtige Wahl getroffen hatte und Christinas Mahnung zu recht bestanden hatte. Sie gratulierte sich selbst zu ihrer Entscheidung fürs Kleid. Anscheinend veranstalteten die Frauen eine Modenschau, in der die Garderobe nicht elegant genug und der Schmuck nicht teuer genug sein konnte. Hier wäre sie in ihren Alltagsklamotten wirklich total falsch am Platz gewesen.

Lediglich die beiden Kameras, die sie an den Schultergurten trug, unterschied Anna-Karina von den anderen Geschlechtsgenossinnen, degradierte sie aber zugleich auch zu einer Hilfskraft, einer Arbeitsbiene, einem notwendigen Übel, das eigentlich gar nicht in diese noble

Gesellschaft passte. ‚Dann hätte ich ja doch meine Lumpen anlassen können', dachte sich Anna-Karina für einen Moment. Zugleich missfielen ihr die Blicke der meist älteren Männer, die sie ungeniert mit den Augen verschlangen. Das gelegentlich verschwörerisch gemeinte Augenzwinkern von Männern hinter dem Rücken ihrer Frauen verärgerte sie.

Doch schnell hatte Anna-Karin das ideale Mittel gefunden, jeden dieser Männer zur Vernunft zu bringen: Sie bat ihn kurzerhand, sich gemeinsam mit seiner Frau ablichten zu lassen. Damit hatte sie ihre Ruhe vor dem Kerl, der Zweisamkeit mimen musste.

Das Gewusel war groß in dem Ballsaal. Der Conférencier auf der Bühne gab sich redlich Mühe, die vielen Menschen zu unterhalten, was ihm nicht gelang, weil das Gerede und die Begrüßungen wichtiger waren. Jeder war damit beschäftigt, jeden zu sehen und von jedem gesehen zu werden. Es dauerte lange, bis endlich jeder Gast seinen Platz gefunden hatte und die üblichen Begrüßungsfloskeln vom Graf, dem Bürgermeister und dem Stiftungsvorsitzenden gesprochen war.

Anna-Karina wuselte zwischen den Tischen umher, versuchte, jeden Gast abzulichten und obendrein die Redner auf der Bühne nicht zu vernachlässigen. Im Prinzip sah sie die Menschen nur durch das Auge ihrer Fotoapparate.

Und so entdeckte sie auch Winand. Ihr stockte der Atem.

Er war doch gekommen!

Der Mann in seinem eleganten Abendanzug hatte seinen Platz am Tisch der Ehrengäste neben dem Graf und seiner Frau, dem feisten Bürgermeister mit seiner ältlichen Gattin und dem blassen Vorsitzenden mit der ebenso blassen Gemahlin. Winand gegenüber saß Konrad, neben dem Christina in einem atemberaubenden, schulterfreien Kleid den Glanzpunkt dieses besonderen Tisches bildete; wenn Anna-Karina einmal von Winand absah.

Winand war nicht allein. Neben ihm erkannte Anna-Karina eine etwa gleichaltrige Frau mit rotem, wallenden Haar in einem bunten Kleid, die sich angeregt mit Winand unterhielt. Die beiden lachten viel, häufig tätschelte die Frau Winands Arm, was diesem durchaus zu gefallen schien. Die beiden wirkten wie ein Herz und eine Seele, wie füreinander geschaffen, in Harmonie vereint, wie Anna-Karina durchaus mit Unbehagen beobachtete.

Sie hatte sich hinter Winand gestellt, er sollte sie auf keinen Fall entdecken.

„Wieso ist DER hier?", tippte sie in die SMS an Christina, die prompt in ihre Handtasche griff und nach Lesen der Nachricht schmunzelnd ihrerseits ins Handy tippte.

„Weil DER heute doch zugesagt hat. Hat mir der Graf eben voller Stolz gesagt. Deshalb wurde der Ehrentisch sogar noch umgeändert."

Sollte sie ihrer Freundin glauben? Anna-Karina hatte Zweifel. Aber das änderte nichts an der Situation. Winand war zum Ball erschienen und saß jetzt zum Berühren nahe vor ihr.

„Maria, du bist dran", hörte sie ihn sagen. Die Frau an seiner Seite erhob sich schnell und auch Winand stand auf. Höflich schob er ihren Stuhl zur Seite und stieß bei einem Schritt zurück mit Anna-Karina zusammen, die nicht schnell genug zur Seite ausweichen konnte.

„Oh, Entschuldigung", sagte er mit seiner ruhigen Stimme, während er sich umdrehte. Seine Miene hellte sich auf und wurde zum kurzzeitigen Strahlen, als er Anna-Karina erkannte. „Du? Hier?"

Kurz drückte er seine Tischnachbarin und wünschte ihr mit einem sanften Kuss auf die Wange viel Glück. Dann wandte er sich wieder Anna-Karina zu, die von Maria irritiert beäugt worden war. „Komm, meine Liebe! Setz dich zu mir!"

Wohlwollend musterte Winand die Fotografin, die mechanisch seiner Aufforderung gefolgt war. „Du siehst wirklich bezaubernd aus, hat dir das noch niemand gesagt? Du bist keine Prinzessin, du bist die einzige Königin des Balls", sagte er leise und nur für Anna-Karina bestimmt.

„Sei still!", flüsterte Anna-Karina. Es war ihr peinlich, in dieser Runde der Prominenten zu sitzen und von allen gegrüßt zu werden.

„Jetzt weiß ich auch, warum du dich im Alltag so unauffällig kleidest", fuhr Winand unbekümmert fort. „Niemand soll sehen, wie attraktiv du bist. Denn sonst hättest du einen Rattenschwanz von Männern, die hinter dir herlaufen und den Hof machen würden." Seine Augen glänzten. Sein Blick wanderte über ihr Gesicht, während er ihr ein Sektglas reichte.

„Stier mich nicht so an!", zischte sie. „Und glotz mir nicht dauernd in den Ausschnitt." Sie wusste nicht, ob sie sich freuen oder sich ärgern sollte über diesen frech-charmanten Mann.

„Du bist schön, Königin", sagte Winand. Bedauern lag in seiner Stimme, aber auch eine Freude. „Da wäre es eine Schande, eine so schöne Schöpfung der Natur nicht anzuschauen."

„Warum bist du überhaupt hier?", fragte Anna-Karina, um auf ein anderes Gesprächsthema zu kommen. Der Sekt schmeckte ihr gut. Daran könnte sie sich gewöhnen, aber er war wahrscheinlich nicht ihrer Gehaltsklasse angemessen.

Gerne ließ sie sich das leere Glas vom aufmerksamen Winand nachfüllen.

„Warum sollte ich nicht hier sein?", fragte er erstaunt zurück. „Ich bin jedes Jahr beim Ball dabei. Ohne mich wäre Arni bei der Organisation hoffnungslos überfordert", sagte er mit einem feixend Blick auf den adeligen Hausherrn.

„Mir wurde ausdrücklich gesagt, du hättest deine Teilnahme in diesem Jahr aus familiären Gründen abgesagt", sagte Anna-Karina bewusst laut mit einem bösen Blick auf Christina, die mit einem Schulterzucken reagierte.

„Davon kann keine Rede sein. Da hat dir jemand einen Bären aufgebunden, Prinzessin." Winands Augen verloren an Glanz. Er sah traurig aus, als käme er mit sich und seinem Schicksal. „Schade, dass du nicht mit mir gekommen bist. Ich hätte dich sehr gerne an meiner Seite gehabt."

„Du hattest ja wohl optimale Begleitung", entgegnete Anna-Karina schnell und strenger, als sie gewollt hatte. „Oder wolltest du Maria etwa nicht nach hier mitnehmen?"

Das kurze Aufblitzen in seinen Augen nahm Anna-Karina wahr. Ihre Frage hatte einen wunden Punkt bei Winand getroffen.

Also doch! Die Frau neben ihm war seine Gattin Maria gewesen, wie sie schon vermutet hatte. Sie beobachtete, wie die elegante Frau auf der Bühne vom Moderator begrüßt wurde. Gewaltiger Beifall brauste auf, als er die Frau als die Grande Dame des Akkordeons bezeichnete, die als Stargast den musikalischen Teil der Gala bestreiten werde. Nur für diesen Auftritt bei der Gala habe die unangefochtene Meisterin des schwierigen Instruments ihre Europatournee unterbrochen.

Was hatte Winand über seine Frau gesagt? Ana-Karina stellte sich die Frage, auf die sie die Antwort wusste: Maria war Musikerin, und sie lebte in einer anderen Welt. Natürlich lebte sie in einer anderen Welt, wenn sie europaweit unterwegs war, um umjubelte Konzerte zu geben.

„Grüße deine Frau von mir", fauchte sie Winand an, als sie sich hastig erhob und dabei ungeschickt ihr Sektglas umstieß. „Ich schicke dir ein wunderschönes Foto von ihr."

„Du hast keinen blassen Schimmer", hörte sie Winand noch sagen, während sie sich auf den Weg zur Bühne machte. Er machte sich nicht die Mühe, Anna-Karina zu folgen.

Was er mit seiner Bemerkung meinte, war ihr egal. Sie hatte genug gesehen. Das war mehr als eindeutig. Professionell würde sie die Akkordeonspielerin ablichten, die furios auf dem Instrument spielte. Das war wirklich toll, musste Anna-Karina neidlos anerkennen, nachdem sie wenige Minuten der Musik gelauscht hatte.

Als sie sich endlich umdrehte und auf den Tisch der Ehrengäste schaute, war Winand verschwunden. Ohne sich von ihr zu verabschieden, hatte er in der Zwischenzeit den Saal verlassen.

Und auch Maria kehrte nicht an den Tisch zurück, nachdem sie ihrem beifallumrauschten Auftritt beendet hatte, wie Anna-Karina unzufrieden registrierte. Sie verschwand hinter der Bühne und damit aus dem Blickfeld der Ballbesucher, die lange applaudierend, aber vergeblich um eine Zugabe baten.

Wenn Anna-Karina noch irgendwelche Zweifel gehabt haben sollte, ob sie nicht doch den Kontakt zu Winand beibehalten sollte, so war ihr an diesem Abend die Gewissheit gekommen. Winand hatte mit ihr abgeschlossen. Seine Komplimente eben am Tisch waren nicht ernst gemeint gewesen. Er hatte nur höflich sein wollen, und dabei wie immer maßlos übertrieben, redete sich

Anna-Karina ein. ‚Du musst ihn endgültig vergessen‘, sagte sie sich. Vielleicht hatte er ihr beim Ball die letzte und richtige Lektion erteilt, um ihr klar zu machen, dass sie und er einfach nichts miteinander zu tun haben sollten.

Sie würde ihr Glück mit Rüdiger finden, Winand hatte das seine mit Maria längst gefunden, sagte Anna-Karina für sich, und sie war dennoch unzufrieden mit sich und ihrer Situation, die von Winand unnötig kompliziert gemacht wurde.

Konnte der Kerl nicht einfach aus ihrem Leben verschwinden?

# 21.

Manchmal vergingen mehrere Tage hintereinander, ohne dass die Zusteller etwas für sie hatte. Heute war es anders. Nicht nur, dass sie überhaupt Post bekam, wunderte Anna-Karina, sondern noch mehr, dass der Briefträger sie durch sein langanhaltendes Klingeln bei der Arbeit am Computer störte. Statt die Lieferung einfach in den Briefkasten zu werfen, wollte der Mann von ihr unbedingt den Empfang eines Einschreibens quittiert bekommen. Verunsichert und zugleich neugierig, unterschrieb sie die Quittung. Wer wollte ihr etwas mitteilen, das so wichtig war, dass er es mit einem Einschreibebrief auf den Weg geschickt hatte?

Sie staunte nicht schlecht, als sie das Einschreiben endlich in den Händen hielt. Sie hatte einen Brief von Christina bekommen.

Warum so förmlich?, fragte sich Anna-Karina, während sie auf dem Weg zurück in ihr Arbeitszimmer den Umschlag aufriss.

„Ich will sicher gehen, dass du meinen Brief auch erhältst", lautete die Antwort, die ihr die Freundin gleich zu Beginn der handgeschriebenen Zeilen auf die Frage lieferte.

Zunächst entschuldigte sich Christina für die Notlüge, als sie Winands Teilnahme wider besseres Wissens verneint hatte. „Ich wollte, dass du ihn wiedersiehst, weil ich gehofft hatte, zwischen euch könnte wieder mehr entstehen. Aber das scheint für alle am Tisch ersichtlich nicht geklappt zu haben. Was ist zwischen euch vorgefallen, dass du so wütend herumgelaufen bist und er fast schon fluchtartig den Ball verlassen hat? Ich könnte vermuten, dass du auf Maria eifersüchtig warst. Stimmt's? Du brauchst mit nicht zu antworten, ich weiß es: Ja, es stimmt! Dazu besteht aber gar kein Anlass. Winand hat mit Maria keinerlei Beziehung. Wir haben unseren Stargast nur deshalb neben Winand platziert, weil er fließend Spanisch spricht und die Musikerin aus Spanien nur ein paar Brocken Deutsch versteht. Sie ist schon wieder auf dem Weg nach Madrid." Winand fungierte gewissermaßen als Dolmetscher. „Ohne ihn wären wir aufgeschmissen gewesen."

Wie?, fragte sich Anna-Karina verstört. Sie wollte es nicht glauben. Die Akkordeonspielerin war gar nicht Winands Frau? ‚Und ich dumme Kuh benehme mich tatsächlich wie ein heillos in den Lehrer verliebter Teenager, der eifersüchtig auf dessen Frau ist.' Wenn denn die Aussage von Christina wirklich zutraf. Vielleicht log sie ja auch in diesem Falle.

Verunsichert las Anna-Karina weiter: „Aber das ist nicht der wichtigste Grund für meinen Brief. Ich muss es dir noch einmal aus voller Überzeugung sagen, selbst wenn du damit unsere Freundschaft beenden sollte: Du machst den größten Fehler deines Lebens, wenn du Rüdiger heiratest. Ihr passt einfach nicht zusammen. Ich kann dir keinen sachlichen Grund dafür nennen, ich weiß es einfach. Du und Rüdiger, das geht nicht gut, das kann einfach nicht gut gehen."

Mit „Deine (Noch-) Freundin Ch." endete der Brief.

„Blöde Kuh", sagte Anna-Karina laut in den Raum hinein. Erzürnt zerknüllte sie den Brief und verbrannte ihn samt Umschlag im Waschbecken des Badezimmers. Es war das Beste, wenn dieses Schreiben für alle Zeit spurlos aus der Welt war. Die Asche spülte sie mit einem mächtigen Wasserschwall in den Abfluss.

Bevor sie sich weitere Gedanken über Christinas überflüssige und ungebetene Einmischung in ihr Leben machen konnte, läutete es erneut stürmisch an der Haustür.

Gleich zwei, in dunklen Uniformen gekleidete Männer standen vor ihr. Sie kämen von einem Werttransportdienst erklärten sie höflich, während sie sich durch Dienstausweise zu erkennen gaben, und sie hätten eine Sendung für eine gewisse Anna-Karina Braucks, die in diesem Hause wohnen würde.

„Das bin ich", sagte Anna-Karina spontan. Der Bitte, ob sie sich ausweisen könne, kam sie verwundert nach.

„Was ist denn so geheimnisvoll, dass Sie gleich zu zweit kommen müssen und ich meinen Personalausweis suchen muss?", fragte sie amüsiert. „Normalerweise bringt mir ein Paketbote höchstens ein antiquarisches Buch oder Belegexemplare."

Er wisse nicht, worin die Sendung bestehen würde, antworte einer der Männer höflich, während der andere zu einem unauffälligen Transportwagen am Straßenrand eilte und dort eine flache, rechteckige Holzkiste von der Lagerfläche holte.

„Ist nicht schwer", sagte er, um Anna-Karina besorgten Blick zu beschwichtigen, als er die Kiste im Hausflur abstellte. „Das können Sie locker auch alleine tragen. Ist nur etwas größer und damit sperriger als ein normales Paket, dafür aber flacher."

Anna-Karina bestätigte den Empfang der unerwarteten Lieferung und machte sich neugierig daran, die Verschnürung zu öffnen, nachdem sie die Sendung tatsächlich locker und leicht zu ihrem Schreibtisch getragen hatte. Der Inhalt der Kiste konnte eigentlich nur relativ dünn und rechteckig sein. Endlich hatte sie die stabile Verpackung entfernt und konnte einen Teil nach vorne klappen.

Die Verblüffung war groß. Ihr stockte der Atem, als sie auf das Gemälde blickte, dass sie aus der Ausstellung im Schloss kannte. Für einen Moment wurde ihr schwindelig. Das Bild war eines der beiden Kunstwerke von Alvera Rallunira, die sich angeblich in Privatbesitz befanden und unverkäuflich waren. Sie stierte ungläubig auf die gemalten Augen und hatte den Eindruck, als schauten die Augen interessiert zurück. Die Augen hatten etwas Vertrautes, Beruhigendes, Versöhnliches. Anna-Karina spürte das heftige Pochen ihres Herzens. Was ging hier bloß vor? Was sollte das alles?

Ein Bild zum Verlieben, sagte sich Anna-Karina. Aber wie kam sie zu diesem Bild? Warum wurde es ihr gebracht? Sie war fassungslos. Die Situation machte sie nervös, es war ihr unerklärlich, warum ihr das Bild geliefert worden war. Wie sollte sie verfahren? Es musste sich um einen Irrtum handeln. Vielleicht war es sogar verboten, das Werk zu behalten, dachte sie. Wer könnte ihr einen sinnvollen Ratschlag geben, was sie tun sollte? Eigentlich fiel ihr nur Christina ein, auch wenn die eine „blöde Kuh" war.

Vorsichtig hob Anna-Karina das leichte Gemälde aus der Transportverpackung und sucht nach einem Platz dafür in dem Zimmer. Als sie es vor das Bücherregal stellen wollte, entdeckte sie den Briefumschlag, der von der Rückseite auf den Boden geflattert war.

In sorgfältiger, sauberer Handschrift standen auf dem Umschlag drei Wörter geschrieben: „Geschenk zur Hochzeit." Mehr Informationen gab er nicht preis. Ein Absender fehlte.

Der handgeschriebene Text auf dem weißen Büttenpapier war gut leserlich. Jeder einzelne Buchstabe schien wie gemalt. Sorgfältig, auf gerader Linie in gleichmäßigen Reihen waren die Worte aneinandergereiht. Die Sätze waren nicht zu lang und in sich abgeschlossen. Der Text war ausdrucksstark und ließ keine Zweifel aufkommen. Zwar vermutete Anna-Karina schnell, vom wem der Brief war, aber die endgültige Gewissheit erhielt sie erst mit dem letzten Buchstaben.

„Liebe Anna-Karina", las sie aufgeregt. „Dieses Bild ist mein Hochzeitsgeschenk für DICH, nicht für Euch." Das Dich hatte der Schreiber bewusst in Großbuchstaben geschrieben. „Es ist Dir überlassen, was Du mit DEINEM Geschenk machen willst. Du kannst es als Erinnerung an mich behalten. Du kannst es als Deine Altersvorsorge ansehen oder als finanzielles Polster. Du kannst das Bild jederzeit verkaufen, auch sofort, um etwa die Kosten Deiner Hochzeit zu begleichen. Dieses Bild ist ab sofort DEINES. Mit diesem Brief schenke ich es Dir und erkläre damit auch, dass Du als rechtmäßige Eigentümerin damit alles tun und lassen kannst, was Du willst. Dein weiterer Lebensweg an der Seite deines Gatten soll von Glück und Zufriedenheit geprägt sein. Es ist schön, Dich kennengelernt zu haben. Schade, dass unsere Bekanntschaft nicht einmal einen Sommer überdauert hat. Lebe wohl! W."

Mit zunehmender Erregung hatte Anna-Karina den Text gelesen. Viele Gedanken schwirrten ihr durch den Kopf, als sie sich an den Schreibtisch setzte. Freuen konnte sie sich nicht über dieses außergewöhnliche Geschenk nicht. Im Gegenteil, diese wertvolle Gabe machte sie wütend.

Was dachte sich dieser Kerl bloß? Der hatte sie über Wochen und Monaten an der Nase herumgeführt und über seine wahre Identität getäuscht, weil er sich kleiner und bescheidener machte, als er tatsächlich war. Und jetzt spielte er eine neue Karte aus, von der sie nicht wusste, wie sie darauf zu reagieren hatte.

Oder glaubte er etwa, durch dieses großzügige Geschenk könnte er sie für sich gewinnen? Wollte er sie kaufen? Anna-Karina verwarf den Gedanken sofort als töricht. Winand ging immer den direkten, wenn auch eigenen, bisweilen sogar eigensinnigen Weg. Der Mann machte keine Klimmzüge oder Umwege, um zu seinem Ziel zu kommen. Der wusste, was er wollte, und was er tat, das tat er bewusst. Ihr Hochzeitsgeschenk war zugleich sein Abschiedsgeschenk.

Für ihn war offensichtlich, dass sein Weg neben oder mit ihr vorbei war. Deutlicher hätte er es nicht schreiben können: „Lebe wohl! W." Er hatte sich mit diesem Brief von ihr verabschiedet, auf eine Art für immer, weil sie privat getrennte Wege gehen würden, auf eine Art mit einer dauerhaften Erinnerungen dank dieses Bildes von Alvera Rallunira. Anna-Karina wollte nicht hinterfragen, wieso Winand darüber verfügen konnte, wieso er in der Lage war, es zu verschenken, warum es in seinem Besitz gewesen war und warum er in der Öffentlichkeit so tat, als sei der Besitz ein Geheimnis.

Anna-Karina war auf die Reaktion von Rüdiger gespannt, wenn sie ihm am Abend das Gemälde zeigen würde. Den Brief würde sie ihm vorenthalten. Es würde ihre letzte, greifbare Erinnerung an Winand bleiben, die immer einen Platz in ihrer Beuteltasche haben sollte.

Wo immer sie war in den nächsten Jahren und mit wem auch immer an welchen Orten, dieser Brief würde immer bei ihr sein.

Langsam wuchsen in ihr Zweifel, ob sie das Geschenk überhaupt annehmen sollte. War es nicht doch zu persönlich? Zu wertvoll? Angemessen? Eine Erinnerung, vielleicht sogar schmerzhafte Erinnerung? Würden die Augen, die immer auf die schauten, irgendwann nicht zu einer Bedrohung werden? Zu einer Anklage? Zu einem dauerndem Hinweis auf Winand und auf etwas, was sie aufgegeben hatte?

Sie würde das Bild nicht aufhängen, beschloss sie für sich. Sie würde es entweder als Leihgabe der Bildersammlung im Schloss zur Verfügung stellen oder sie würde es irgendwo gut verpackt im Haus abstellen oder sie würde es zurückgeben.

Nur Eines, das würde sie gewiss nicht tun: Ein Verkauf des Bildes kam für sie zum jetzigen Zeitpunkt nicht in Frage.

„Das ist doch keine Frage: Das Bild wird verkauft!" Rüdiger wollte keine Diskussion zulassen, als sie ihm am Abend von dem wertvollen Geschenk und der möglichen Verwendung berichtete. „Ich kümmere mich drum."

Anna-Karinas Widerspruch ließ er nicht gelten. „Wir können das Geld gut gebrauchen. Wer weiß, was die Kleckserei in ein paar Jahren wert ist? Die Frau wird doch jetzt in den Himmel gehoben. So lange sie oben auf der Welle schwimmt, müssen wir mitschwimmen und kassieren." Mit dem Erlös aus dem Bildverkauf könnten sie nicht nur die Hochzeit und eine traumhafte Hochzeitsreise finanzieren. Es bliebe bestimmt noch ein großer Batzen übrig, den er für ihrer beider Zukunft gut anlegen würde.

Anna-Karina fühlte sich regelrecht überrumpelt, als Rüdiger davon sprach, er würde das Bild einem Galeristen in einer Großstadt anbieten und auch eine Versteigerung in Betracht ziehen. Sie wollte es nicht. Sie wollte das Bild behalten; jedenfalls in den nächsten Jahren, bis vielleicht doch einmal die Erinnerung an Winand verblasst oder er gar verstorben war oder wenn sie tatsächlich auf das Geld aus einem Verkauf angewiesen waren. Noch kämen sie finanziell über die Runden, ohne das Gemälde abzustoßen. Vielleicht stieg das Bild ja sogar noch im Wert und sie könnte irgendwann einmal einen noch höheren Ertrag erzielen.

„Unsinn! Jetzt ist der günstige Zeitpunkt", behauptete Rüdiger, ohne dafür eine Begründung zu liefern. „Ich regele das. Das wäre doch gelacht, wenn ich den Schinken nicht für einen sechsstelligen Betrag an irgendeinen Kunstfuzzi vertickt bekomme."

Anna-Karina erschrak über die rein profitorientierte Einstellung ihres Freundes, der über das Bild sprach wie über einen beliebigen Gegenstand, den er meistbietend verkaufen wollte. Ihm bedeutete das einmalige Kunstwerk überhaupt nichts.

„Stimmt nicht, meine Liebe", widersprach er vehement. „Oder meinst du, ich möchte immer wieder an diesen Kerl erinnert werden, wenn mich seine Augen von der Wand anstarren?"

Das brauche er nicht, wollte Anna-Karina beruhigend einlenken. Sie könne das Gemälde im Schloss ausstellen, regte sie zaghaft an. Als eine Leihgabe, die dann enden würde, wenn sie es wirklich einmal aus Finanznot verkaufen müssten. „Dann kann dich das Gemälde nicht mehr stören."

„Das Bild muss weg!" Rüdiger sah Anna-Karina entschlossen an, er würde keinen Widerspruch gelten lassen. Es war keine Rede mehr davon, dass das Gemälde ihr persönliches Geschenk war. Rüdiger hatte es kurzerhand für sie beide als gemeinsames Geschenk vereinnahmt.

„Das Ding stört mich und es stört unsere Liebe", sagte er streng. An seiner Entschlossenheit ließ er keinerlei Zweifel aufkommen, was Anna-Karina ein wenig Angst machte.

Die Frau zuckte ergeben mit den Schultern. Vielleicht war es richtig, sich von Winands Geschenk schnell zu trennen, damit ihre Beziehung zu Rüdiger keinen Kratzer oder gar Schaden erlitt. Sie hatte sich für ihn entschieden und dabei sollte es bleiben.

Deutlich betonend, mit großer Bestimmtheit sagte Rüdiger in den Raum: „Ich verkaufe es."

# 22.

Die Entschlossenheit und die Geradlinigkeit, mit der Rüdiger auf den Verkauf des Bildes drängte, hatte Anna-Karina nachdenklich werden lassen. War es wirklich nur seine persönliche Abneigung oder steckte etwa mehr dahinter?

Sie konnte sich ihre Frage nicht beantworten.

„Ich weiß es auch nicht", meinte Christina, mit der sie sich zu einem Abendessen verabredet hatte. Sie taten, als habe es nie etwas Störendes oder Trennendes zwischen ihnen gegeben. Das „Noch" aus dem Brief war für Anna-Karina überhaupt kein Thema gewesen. Christina war ihre Freundin und würde immer ihre Freundin bleiben, selbst wenn sie und die „blöde Kuh" einmal unterschiedlicher Meinung waren.

Und wenn Christina noch tausendmal ihre Zweifel an Rüdiger äußern würde, sie würde zu ihm halten – und zu Christina.

Rüdiger würde ihr nie die Freundschaft zu dieser Frau verbieten, anders als die flüchtige Bekanntschaft zu Winand.

„Auch nicht, wenn er wüsste, wie ich zu eurer Beziehung stehe?", argwöhnte die Journalistin. „Das macht mich doch zwangsläufig zu einer dauerkritischen Beobachterin eurer Ehe."

„Du wirst dich bei mir für deine Fehleinschätzung entschuldigen müssen, meine liebe Chrissie", antwortete Anna-Karina vergnügt. „Unsere Ehe wird garantiert eine gute sein. Du wirst es erkennen und dich dann entschuldigen müssen. Erst dann kläre ich Rüdiger auf, vorher nicht."

„Gerne. Ich würde mich ja für dich freuen, wenn ich mich irre." Aber sie sei nicht so zuversichtlich wie Anna-Karina, meinte Christina, „und sein jetziges Verhalten spricht ja auch nicht gerade für große Souveränität. Ich finde es bedenklich, wenn er sich derart vehement in eine Sache einmischt, die eigentlich deine ist und aus der er sich raus halten sollte. Ist jedenfalls meine Meinung."

Anna-Karina glaubte, Rüdiger verteidigen zu müssen. „Er meint es doch gut. Mit Geld kann er außerdem viel besser umgehen als ich, davon hat er Ahnung. Wenn er unbedingt das Bild verkaufen will, soll er es tun. Ich bin mit allem einverstanden, was unseren Start in die Ehe erleichtert."

„Also ist deine Frage nach seiner Motivation eigentlich überflüssig. Ob aus persönlicher Abneigung oder nicht, kann dir dann ja egal sein. Oder?"

So gesehen, musste Anna-Karina ihrer Freundin Recht geben.


Anna-Karina hatte sich gewundert, dass Christina die Einladung zum Italiener ohne Gegenvorschlag angenommen hatte. Normalerweise hätte sie ein Mittagessen oder einen Kaffeeklatsch ins Gespräch gebracht, weil sie am Abend meistens sehr beschäftigt war und deshalb wenig Zeit hatte.

„Ich bin froh, endlich rauszukommen", hatte Christina bei der herzlichen Umarmung zur Begrüßung erklärt. „In der Zeitung ist momentan wenig bis nichts los, und mein Medizinmann vergnügt sich lieber auf einem elitären Ärztekongress statt mit mir im kuscheligen Clinch." Da gehe es ihr derzeit nicht anders als Anna-Karina, die ebenfalls beruflich bedingt unbemannt sei. Das scheine ein Los moderner Frauen zu sein, die einen eigenen Beruf nachgehen wollen.

„Die Alten lassen uns im Stich", sagte sie schmunzelnd. Ihre Erleichterung, dass Anna-Karina ihr den Brief nicht übel genommen hatte, war groß gewesen, wie sie zugab, um schnell hinterherzuschicken: „Obwohl sich gute Freundinnen ohnehin niemals trennen."

Sie grinste. Ihr Gesichtsausdruck wurde ernster: „Apropos Trennen. Hast du noch mal was von Winand gehört?"

„Nein." Anna-Karina verhehlte ihr Bedauern nicht. „Ich hätte mich gerne bei ihm persönlich für das ungewöhnliche Geschenk bedankt. Auf meine Nachrichten reagiert er aber nicht."

„Das ist das AdA-adS-Syndrom", bemerkte die Journalistin lakonisch.

„Wie bitte?"

„Aus den Augen, aus dem Sinn", erklärte Christina schmunzelnd.

„So könnte man es leider nennen", bestätigte Anna-Karina.

Irgendwie scheine Winand ohnehin aus der Spur geraten, meinte Christina nachdenklich. „Der verhält sich so merkwürdig."

„Wieso?", fragte Anna-Karina erstaunt.

„Wenn ich das richtig mitbekommen habe, hat er sich heillos mit Konrad zerstritten", erläuterte die Journalistin. „Konrad hat mir gesagt, er verstehe seinen alten Freund nicht. Der würde sich total verrennen und sich nicht helfen lassen."

„Wieso?", fragte Anna-Karina ein zweites Mal. Hoffentlich hat es nichts mit mir zu tun', dachte sie sich. Es tat ihr durchaus leid, wenn es Winand nicht gut gehen sollte.

„Das hat mir Konrad nicht verraten. Darüber wollte er nicht mit mir sprechen. Da kann er wie eine verschlossene Muschel sein. Wenn er nicht reden will, dann kriege ich auch nichts aus ihm raus. Da kann ich machen, was ich will." Christina grinste schelmisch. „Selbst mit größtem Körpereinsatz ist da nichts zu machen." So sei das halt mit alten Männern: „Die haben ihre kleinen und großen Geheimnisse, die sie mit ins Grab nehmen wollen."

Dann sei der Medizinmann ja auch nicht viel besser als Wiwi, lästerte Anna-Karina und echote vergnügt: „Die Alten lassen uns im Stich."

Es gebe wohl einen großen Unterschied, entgegnete die Journalistin belehrend. „Mein Konrad ist froh, wenn er sich wieder in meine Arme legen kann. Du hast keinen Winand, der dich wärmen und dir Lebenserfahrung vermitteln kann, die uns beiden jungen Hüpfern ja so fremd ist."

Aber dafür habe Anna-Karina ja bald einen Rüdiger, der nur für sie da sein werde, auch wenn er selbst noch zum jüngeren Eisen wie sie gehöre.

„Themenwechsel", schlug Christina vor. „Zum süßen Dessert einen schönen Gesprächsabschluss." Sie zückte aus ihrer Tasche einen stabilen Umschlag. „Hier. In den Papieren findest du alles zu deinem Augenbild. Das meiste kennst du schon und die Tatsache, dass Winand es dir geschenkt hat, wirst du nirgendwo finden. Das

155

Wissen werde ich auch für mich behalten, auch wenn ich dafür auf eine Exklusivstory verzichten muss, sonst hast du bald Bilderräuber oder andere Freaks auf der Matte stehen." Christina schmunzelte. „Aber selbstverständlich bekomme ich von dir exklusiv den Hinweis, wenn du das Bild an unseren Grafen verleihst. Das musst du mir versprechen."

Sie möge ihr kurz das Wichtigste aus den Unterlagen sagen, bat Anna-Karina ihre Freundin. Sie habe weder Lust noch Zeit, sich damit zu befassen. „Du hast die Ahnung von Kultur, die mir völlig abgeht."

„Um es kurz zu machen, der Wert des Bildes steigt unaufhörlich", berichtete die Journalisten. „Mit jedem Bild, das Alvera Rallunira verkauft, wird der Kaufpreis höher und wird die Gier nach den Augenbildern unter Kunstsammlern immer größer."

„Nenn mal eine Zahl", forderte Anna-Karina mit wachsendem Interesse.

„Neue Werke der Künstlerin bekommst du nicht mehr unter 25.000 Euro. Bei Versteigerung kratzt man manchmal an der 100.000-Euro-Grenze. Und für die Augenbilder als Paar wurden unlängst eine halbe Million ausgelobt."

„Oh." Anna-Karina schüttelte sich. So gesehen war sie reich. Winand würde ihr und Rüdiger mit seinem Geschenk für sie den Schritt in eine sorgenfreie Zukunft ermöglichen.

„Soll ich dich mit Kunsthändlern bekannt machen?", fragte Christina hilfsbereit. „Ich kenne da so zwei, drei renommierte Händler, die bestimmt gerne mit dir ins

Geschäft kommen wollen. Für deren Seriosität lege ich meine Hand ins Feuer."

Doch lehnte Anna-Karina dankend ab. „Später vielleicht. Lass uns erst mal beobachten, was Rüdiger erreicht. Wenn es mir nicht passt, kann ich immer noch auf dein Angebot zurückkommen."

# 23.

Christina hätte nie geglaubt, dass Konrad sei einmal um Rat fragen würde, weil er selbst nicht wusste, wie er sich am besten verhalten könnte. Zugleich setzte er Christina unter Druck, weil er ihr die Bestätigung für die Ablehnung von Rüdiger gab.

Aber war es richtig, das von Konrad Erfahrene an Anna-Karina weiterzugeben? Oder war es richtig, darüber zu schweigen?

Christinas Ratschlag, er möge noch einmal mit Winand reden, hatte der Professor entschieden zurückgewiesen.

Er sei regelrecht abgeblitzt bei seinem Bemühen, ihn zu informieren, berichtete Konrad. Zum einem würde sein

Freund aus anderen Gründen nicht mit ihm reden wollen, zum anderen würde Winand sein Wissen niemals ausnutzen, um andere unter Druck zu setzen oder um sich dadurch Vorteile zu verschaffen.

„Winand würde niemals einen anderen Menschen kompromittieren", hatte Konrad mit großer Bestimmtheit behauptet.

„Dann sehe ich nur einen sinnvollen Schritt", hatte Christina nachdenklich erwidert. „Ich muss mal wieder Kaffee trinken mit Anna-Karina."

Nun saßen die beiden Frauen in ihrer Lieblingsecke ihres Lieblingscafés, und wartete Anna-Karina darauf, was denn so wichtig sein sollte, dass Christina unbedingt mit ihr sprechen wollte.

„Aber das eine sage ich dir, wenn du mir wieder Rüdiger ausreden willst, können wir unser Gespräch beenden, bevor es überhaupt begonnen hat", bemerkte sie spitz, während sie ihren Cappuccino betrachtete. Sie wollte nichts über ihren zukünftigen Ehemann hören. „Ich stehe auf der Stelle auf und gehe", drohte sie.

Rüdiger war nach fast zweiwöchiger Dienstreise zurückgekehrt und hatte ihr begeistert davon berichtet, dass der Verkauf des Bildes fast schon erledigt sei. Die Abgabe des Gemäldes würde sie zwar schmerzen, aber sie würde diesen Schmerz schnell verkraften, wenn durch den Verkauf der Schritt in die Ehe sorgenfrei und finanziell noch leichter wurde, hatte Anna-Karina sich tröstend eingeredet.

„Ich kann ja gehen und dir wieder einen Brief schreiben", entgegnete Christina kopfschüttelnd. „Es ist leider unvermeidlich, dass wir über deinen Rüdiger reden müssen. Wobei", sie hob merklich die Stimme, „ich mich garantiert nicht in deine Entscheidung einmische. Soviel habe ich verstanden. Nur du entscheidest über deine Zukunft mit Rüdiger, nicht ich. Ich mache sogar deine Trauzeugin, wenn du mich denn immer noch haben willst und mich darum bittest."

Anna-Karina schmunzelte. „Fast Noch-Freundin, bald Trauzeugin. Du weißt auch nicht, was du willst. Also, was hast du auf dem Herzen?"

„Nicht ich habe etwas auf dem Herzen, sondern mein Medizinmann", antwortete Christina, „und das bereitet ihm verdammt großen Kummer und obendrein schlaflose Nächte."

„Und was?", fragte Anna-Karina verwundert. „Was für ein Problem hat ein Professor mit weltweiter Reputation, dass du mich kleines Licht darüber in Kenntnis setzen willst? Braucht der etwa jemand, der vernünftige Fotos bei seinen Operationen macht? Oder hat ihm Rüdiger einen Prozess wegen einer misslungenen Operation an den Hals gehängt?"

„Wenn es so etwas wäre, wäre es garantiert nicht schlimm."

„Es ist also schlimm?", entgegnete Anna-Karina mit wachsender Besorgnis.

„Schlimmer." Christina stöhnte. „Am besten erzähle ich dir die Geschichte von Anfang an."

Ihrer Schilderung verfolgte Anna-Karina mit zunehmendem Unbehagen. Cappuccino und Erdbeerkuchen waren vergessen, während sie ihre Freundin zuhörte, die unentwegt plapperte und ihr selbst keine Gelegenheit ließ, sie zu unterbrechen.

„Also, Konrad war für ein paar Tage auf einem internationalen Ärztekongress, und dazu gehören bekanntlich nicht nur Fachvorträge und Seminare, sondern auch ein ausgedehntes Freizeitprogramm und unterhaltsame Kennenlerntreffen. Bei einem dieser Treffen stellte ein weltweit agierender Galerist seine Angebote in der Hotellobby aus. Darunter befand sich auch ein Foto in Originalgröße deines Augen-Bildes von Alvera Rallunira. Konrad hat es natürlich sofort erkannt, ich habe ihm ja oft genug von dem Bilderpärchen und dessen Geheimnis erzählt. Er hat den Galeristen auf das Bild angesprochen und sich als Interessent zu erkennen gegeben. Er müsse mindestens 300.000 Euro für das Gemälde bezahlen, hat der Galerist gemeint. Das sei die Forderung des Eigentümers. Als Konrad ihn fragte, ob er es in seinem Besitz habe, hat der Galerist verneint. Der Verkäufer bewahre es auf und würde es direkt an den Käufer weiterleiten. Er sei aber befugt, es im Kundenauftrag zu verkaufen. Konrad hat daran Zweifel geäußert. Ohne ausdrückliche Legitimation und eindeutiger Eigentumsklärung würde er das Bild nicht kaufen. Das hat den Galeristen wohl ein wenig irritiert. Ob die Künstlerin von dem Verkauf wisse, ob sie eventuell eine Zustimmung geben müsse, ob der Verkäufer rechtmäßig Eigentum erworben habe, darüber wollte Konrad Auskünfte. Da ist

160

der Galerist ganz gehörig ins Schwitzen gekommen. Konrad hat ihn dann gewarnt, das Bild voreilig zu verkaufen, bevor diese Fragen nicht geklärt sind. Antworten könnte sicherlich der Verkäufer geben. Doch wollte der Galerist dessen Namen partout nicht preisgeben. Er hat nur gesagt, der Besitzer wolle das Bild unbedingt verkaufen, weil er ein neues Leben mit einer neuen Frau beginnen wolle und er dank eines Verkaufs einen Schlussstrich unter sein bisheriges Leben ziehen könne." Christina betrachtete die schweigsame Anna-Karina.

„Konrad hat lange überlegt, ob er Winand informieren soll. Er hat dann bei ihm angerufen, aber Winand wollte nichts von der Geschichte wissen. Er habe das Bild verschenkt, und was die Besitzerin damit tue, sei nicht mehr seine Sache, hat er meinem Medizinmann in barschem Tonfall gesagt. Dann hat er grußlos das Telefonat beendet und einfach aufgelegt."

„Richtig so." Endlich kam Anna-Karina zum Zuge. Sie unterbrach ihre Freundin. „Da geht es mir nicht anders als Winand. Ich will von dieser Sache auch nichts wissen. Du hast mir bis jetzt nichts erzählt, was wirklich wichtig für mich ist. Interessant ist höchstens der Kaufpreis, der meine Erwartungen übersteigt. Und das ist doch wohl ein angenehmer Nebeneffekt."

Christina sah sie mit betrübten Augen an. „Wenn es so einfach wäre, meine Liebe. Das dicke Ende kommt nämlich noch."

„Und das wäre?", fragte Anna-Karina ohne große Begeisterung.

„Der Galerist hat Konrad bei einem zweiten Gespräch gesteckt, er könne das Bild auch für 250.000 Euro bekommen. Er hatte sich mittels einer Agentur über den Verkäufer informiert. Das gehört wohl zu den Gepflogenheiten in der Branche, wenn derart wertvolle Objekte angeboten werden. Er hat erfahren, dass der Verkäufer, also Rüdiger hochgradig verschuldet ist, weil er offensichtlich spielsüchtig ist."

„Kann nicht sein", entfuhr es Anna-Karina spontan. „Das würde ich wissen."

„Ich sag ja nicht, dass es stimmt", entgegnete Christina beschwichtigend. „Das ist in der Tat Hörensagen. Ich gebe nur das wieder, was mir Konrad gesagt hat, der das wiederum von dem Galeristen erfahren hat." Sie lächelte schwach.

„Du kannst gerne die Visitenkarte des Galeristen bekommen und dich bei ihm informieren. Konrad hat sie in seinem Büro. Außerdem hat der Galerist gesagt, dass Rüdiger auch bei einigen Kollegen aktiv wäre. Rüdiger versuche quasi mit aller Gewalt, das Gemälde so schnell wie möglich zu verkaufen, was die renommierten Galeristen natürlich stutzig macht, weshalb sie noch genauer hinsehen." Christina zuckte entschuldigend mit den Schultern. Sie atmete tief durch, bevor sie ihre letzte Erkenntnis mitteilte.

„Es kommt noch schlimmer, meine Liebe: Rüdiger ist verheiratet und nicht geschieden, wie du meinst. Nach den Auskünften, die der Galerist erhalten hat, verlangt die Familie seiner Gattin 200.000 Euro zurück, die sie ihm geliehen haben; erst danach könne man über die

Modalitäten einer Scheidung reden. Von seiner Noch-Ehefrau lebt er seit einigen Monaten getrennt, alle paar Wochen fährt er zu ihr, um seine Tochter wiederzusehen."

Anna-Karina hielt sich wie ein Kleinkind die Ohren zu. Sie wollte nicht hören, was ihre Freundin an unangnehmen Dingen von sich gab.

„Das stimmt nicht", keifte sie heftig atmend. „Du willst mir Rüdiger bloß madig machen. Das habt ihr euch ausgedacht."

„Bist du so dumm oder willst du nicht kapieren?", keifte Christina zurück. „Der Kerl will dein Geschenk von Winand verscherbeln, um sich zu sanieren. Wenn er dann die Scheidung in einem Jahr oder später durch hat, bist du nicht besser dran als jetzt. Nur, dass du Winands Geschenk verloren hast und einen Kerl durchfütterst, der pleite und spielsüchtig ist."

Anna-Karina schüttelte ungläubig den Kopf. Sie war nicht in der Lage, einen klaren Gedanken zu fassen. „Das kann nicht sein", stammelte sie.

„Was nicht sein darf, das nicht sein kann", entgegnete Christina nüchtern.

„Was sagt denn Winand zu eurem Wissen?", wollte Anna-Karina wissen.

„Der weiß auch davon nichts. Konrad glaubt, das würde Winand nicht interessieren. Für Winand ist jeder Mensch Schmied seines eigenen Schicksals, sagt jedenfalls mein Medizinmann. Winand wird niemals versuchen, durch Fehler oder Verfehlungen eines anderen

Menschen einen Vorteil zu erlangen. Konrad wird deswegen in keiner Weise aktiv werden."

„Und ich werde es auch nicht!" Anna-Karina wollte nur noch raus. Alleine sein und durch die Natur laufen. Den Hund packen und durch den Wald streifen, bis die Muskeln schmerzten. Das Ungeheuerliche, das ihre Freundin behauptet hatte, durfte einfach nicht stimmen.

„Ich schlage dir vor, wir beide reden mit Konrad", sagte Christina versöhnlich. „Vielleicht bekommt er ja noch mehr heraus. Er hat jedenfalls bei dem Galeristen sein angebliches Kaufinteresse hinterlegt und wird von ihm informiert, wenn sich etwas tun sollte wegen des Bildes oder wegen des Verkäufers."

# 24.

Anna-Karina hatte lange gezaudert, ob sie Christinas Aufforderung, selbst mit Konrad zu sprechen, folgen sollte. Sie konnte einfach keinen klaren Gedanken mehr fassen. Ihre häufigen Versuche, Rüdiger zu erreichen, waren fehlgeschlagen. Er sei bei einem Kunden im Ausland und nicht erreichbar, hatte ihr eine Mitarbeiterin in der Zentrale der Beratungsgesellschaft bedauernd erklärt. Ihre Nachrichten auf seinem Handy wurden nicht zugestellt, ihre Anrufe scheiterten. Der Anrufbeantworter war außer Dienst Rüdiger hatte sein privates Handy abgestellt. Die Rufnummer seines Dienstgerätes hatte sie verlegt. Danach in seiner Firma zu fragen, traute sie sich nicht, weil es Rüdiger eigentlich untersagt war, diese Nummer weiterzugeben, was er vertragswidrig doch getan hatte.

Anna-Karina konnte sich einfach nicht vorstellen, dass Rüdiger sie hintergehen würde. Das war alles ein großes Missverständnis. Davon war sie überzeugt. Rüdiger war nicht spielsüchtig, er war nicht verschuldet und er war auch nicht mehr verheiratet, sondern geschieden. Er hätte es ihr gesagt, wenn er in Schwierigkeiten gewesen wäre. Alles war in Ordnung. Warum sonst hätte er ihr einen Heiratsantrag gemacht oder machen können? Die Informationen des Galeristen waren garantiert falsch und überholt.

Davon war Anna-Karina überzeugt. Sie würde sich nicht beirren lassen.

„Was schadet es dir, wenn du mit Konrad sprichst?", hatte Christina im Telefonat gefragt. „Alles, was er sagt, kannst du hinterfragen. Du kannst den Galeristen anrufen, du kannst Rüdiger nach seiner Sicht fragen. Du hast nichts zu verlieren, wenn du mit Konrad sprichst. Oder sehe ich das falsch?"

„Okay." Anna-Karina hatte ohne Überzeugung zugestimmt und sich mit Christina zum Besuch in Konrads Büro verabredet.

„Aber du darfst ihm vorher nicht sagen, dass ich komme", hatte sie zur Bedingung gemacht. „Ich will, dass er mir spontan und unvorbereitet sagt, was er herausgefunden hat."

„Wenn du schon so genau sein willst, meine Liebe, dann musst du auch exakt formulieren: Was er herausgefunden haben will", hatte Christina sie herzhaft lachend verbessert.

„Müssen wir uns nicht vorher anmelden?", hatte Anna-Karina vorsichtig gefragt, als Christina gut gelaunt die Privatpraxis des Kardiologen in dem modernden Bürogebäude in der Innenstadt betrat, obwohl ein Hinweisschild darauf hinwies, dass Termine nur nach vorheriger Absprache möglich seien.

„Ich bin sein ganz private Patientin und keine stinknormale Privatpatientin", hatte Christina munter geantwortet und war in der hellen Praxis schnurstracks auf das Zimmer mit der Aufschrift „Privat" zugesteuert, ohne von der Sekretärin am Tresen aufgehalten zu werden.

Die Frau hatte vielmehr freundlich beim Erscheinen von Christina und Anna-Karina gegrüßt.

Christina klopfte nur kurz gegen die Tür, dann trat sie entschlossen in den Raum und stutzte mit einem verblüffenden „Oh!"

Konrad war nicht allein. Er saß hinter seinem Schreibtisch und schien in einem Streitgespräch verwickelt zu sein.

„Es hat doch keinen Sinn, Winand, sei doch vernünftig", hörte Anna-Karina den Arzt erregt sagen. „Da ist nichts zu machen."

„Nein, nein und nochmals nein", entgegnete Winand, der sich auf die Tischplatte gestützt hatte und seinen Freund mit funkelnden Augen anschaute, betont deutlich.

Erst jetzt bemerkten die beiden Männer, dass Christina und Anna-Karina zumindest teilweise ihren heftigen Disput mitbekommen hatten.

„Was macht ihr beiden denn hier?", blaffte Winand in einem Tonfall, den Anna-Karina noch nie bei ihm gehört hatte. Er zeigte keinerlei Reaktion wegen ihres Erscheinens.

Sie selbst spürte wieder das Herzpochen, das sie immer wieder sofort überkam, wenn sie bloß an Winand dachte.

„Was ist denn mit euch los?", konterte Christina unbekümmert mit einer Gegenfrage. „Etwa Zoff im Seniorenheim?" Sie versuchte durch Humor die Situation zu entspannen.

„Quatsch!", blaffte Konrad nicht minder barsch als Winand, was Christina mit fragendem Stirnrunzeln kommentierte. Was war bloß in ihren Medizinamann gefahren?

„Das geht euch gar nichts an", sagte Winand im gemäßigten Ton und Konrad ergänzte fast schon erheitert und versöhnlich wirkend: „Wenn Erwachsene sich angeregt unterhalten, sollten Kinder besser den Raum verlassen."

Christina machte das die Stimmung entkrampfende Spiel mit. „Also was ist mit eurem Zoff im Altenheim? Wollt ihr nicht Frauen bei bester Gesundheit über eure Altersgebrechen aufklären? Vielleicht kennen wir ja ein Mittelchen dagegen."

„Hier gibt es nichts aufzuklären", entgegnete Winand, der seine Fassung wiedergefunden hatte. „Wir hatten ein vertrauliches Gespräch unter Männern. Noch nie 'was von Arztgeheimnis gehört?" Mahnend schaute er zu Konrad, der sich erhoben hatte, um Christina in den Arm zu nehmen.

„Man könnte auch von Steuergeheimnis sprechen", ergänzte der Mediziner abwiegelnd, was Anna-Karina ein helles Auflachen entlockte.

„Also doch", sagte sie mit einem triumphierenden Blick auf Winand, der keine Miene verzog.

„Muss ich das verstehen?" Christina löste sich aus Konrads Umarmung.

„Später. Ich kann dir aber einen guten Fachmann in Steuerfragen empfehlen. Der sorgt unter anderem dafür, dass der Herr Professor nicht zu viel Steuern abdrücken muss." Anna-Karina wandte sich schmunzelnd Winand zu. „Nicht wahr?"

Der teilnahmslose Blick, mit dem er durch sie durchdrang, ließ sie erschrecken. Es schien, als sei sie für ihn ohne Interesse und Bedeutung. „Zu solch einem Kleinkram möchte ich mich nicht äußern", sagte er äußerst zurückweisend. „Das hat Kindergartenniveau."

Anna-Karina biss sich auf die Lippen. War Winand eingeschnappt oder hatte er wirklich jegliche Lust verloren, sich mit ihr zu beschäftigen oder gar zu reden? Und was würde sie antworten, wenn er sie tatsächlich nach dem Bild und nach dessen Verbleib fragen würde?

Sie hatte sich ja noch nicht einmal richtig für das Geschenk bei ihm bedanken können.

Doch machte sie sich unnötig Gedanken. Winand drehte sich zur Tür.

„Ich glaube, für heute ist alles gesagt, was gesagt werden muss. Ich verabschiede mich", sagte er mit wiedergewonnener Gelassenheit, bevor er schnell das Zimmer verließ. Die beiden Frauen würdigte er keines weiteren Blickes.

Erst jetzt kam Anna-Karina dazu, sich umzuschauen. Das war eher ein Wohnzimmer als ein Arztzimmer, mit Wohnmöbeln, einer Sitzecke und auffälligen Gemälden an den Wänden, die klar die Handschrift von Alvera Rallunira erkennen ließen. Nur der große Schreibtisch ließ erahnen, dass es kein normaler Wohnraum war, sondern einer, in dem auch gearbeitet wird.

„Hier ist meine Denkstube und mein Besprechungszimmer", klärte Konrad die Fotografin auf. „Wenn ich dich untersuchen sollte, müssten wir uns in einen der Behandlungsräume begeben oder ich müsste dich in der Klinik unter der Lupe nehmen." Wie selbstverständlich duzte der Professor die Freundin seiner Partnerin, als würden sie sich schon seit ewigen Zeiten kennen und wären sich nicht erst vor wenigen Augenblicken, einmal von der kurzen Szene beim Ball im Schlossaal abgesehen, direkt begegnet.

„Apropos Lupe." Christina unterbrach Konrad mit einem zärtlichen Lächeln. „Du hast doch vor wenigen Tagen auch Anna-Karinas Freund Rüdiger unter die Lupe genommen, nicht wahr?"

„Nicht direkt." Der Arzt wiegelte bedächtig ab. „Ich bin nur über Informationen in Kenntnis gesetzt worden, die ein anderer erhalten hat. Ich weiß daher nicht, ob die Informationen zutreffen. Ich konnte sie nicht verifizieren." Er sah Anna-Karina wohlwollend an. „Allerdings habe ich keine Zweifel an der Seriosität des Galeristen, der von deinem Freund mit dem Verkauf beauftragt worden ist."

„Du würdest also sagen, dass das stimmt, was dieser Mensch dir gesagt hat?" Es gab keinen Grund für Anna-Karina, Konrad zu siezen, auch wenn sie nur eine unbedeutende Fotografin und er ein international anerkannte Größe der Medizin war.

„Was hätte der Mann davon, mir ein Märchen aufzubinden? Er kennt mich nicht, er weiß nicht, dass ich dich kenne. Er hat doch ein Interesse daran, dass Bild ordnungsgemäß und ohne Rechtszweifel zu verkaufen. Immerhin bekommt der Galerist eine Provision, die garantiert nicht von schlechten Eltern ist."

„Bestimmt 20 Prozent", glaubte Christina beisteuern zu müssen.

„Das hieße ja, von 300.000 gingen 60.000 ab." Die Zahlen verblüfften Anna-Karina.

„Oder von 250.000 schlappe 50.000", sagte Christina, die die Rechenkünste von Anna-Karina aufgenommen hat."

„Wenn denn jemand überhaupt bereit ist, diesen Betrag auf den Tisch zu legen für ein Bild, das eigentlich nur Teil eines Doppels ist. Richtig wertvoll wird das Werk nur als Teil des Paars, denke ich mal", warf Konrad in den Raum. Den erstaunten Blick der Frauen nahm er amüsiert zur Kenntnis.

„Glaubt ihr Mädels etwa, ich blätterte mal locker einen Batzen Geld hin, ohne mich vorher kundig zu machen? Warum habe ich denn wohl einen Steuerfachmann zum Freund und Berater, der zugleich auch ein anerkannter Kunstkenner ist?"

„Wieso?", fragten beide Frauen gleichzeitig. Mussten sie das verstehen?

Doch winkte Konrad lässig ab. „Das unterliegt dem Steuergeheimnis. Dazu kann ich leider keine Angaben machen."

„Aber für dich ist klar, dass Rüdiger das Gemälde von Alvera Rallunira verkaufen will?", hakte Christina, auf das ursprüngliche Thema zurückschwenkend, nach.

„Ja. Genauso wie mir und dem Galeristen klar war, dass der Verkäufer nicht der Eigentümer ist, sondern nur im Auftrag des Eigentümers handelt." Diese Tatsache habe den Galeristen natürlich nachdenklich gemacht, zumal es keinerlei Angaben zum Eigentümer gibt und dessen Nachfrage bei Alvera Rallunira ergebnislos geblieben war.

„Sie hat ihm nämlich gesagt, sie hätte das Bilderpaar als frisch diplomierte Künstlerin für eine gewaltige Summe an einen Kunstfreund verkauft unter der Auflage, dessen Namen niemals zu nennen, anderenfalls müsste sie eine horrende Strafe von einer Million bestrafen. Sagt sie jedenfalls", meinte der Arzt.

„Das glaubst du?"

„Christina, das spielt doch keine Rolle, ob ich das glaube oder nicht. Selbst wenn es eine Schutzbehauptung von ihr sein sollte, hat die Malerin bestätigt, dass das Bild nicht aus ihrem Eigentum stammt oder aus ihrem Besitz entwendet wurde", antwortete der Arzt langsam. „Es gibt also einen anderen Eigentümer, beziehungsweise eine andere Eigentümerin, und das ist Anna-Karina." Der Galerist sei seiner Sorgfaltspflicht nachgekommen, als er sich über den Verkäufer informierte. „Das Ergebnis seiner Bemühungen ist bekannt und wurde sogar bestätigt."

„Inwiefern?" fragte Anna-Karina hastig. „Was willst du mir damit sagen?"

Konrad sah sie bemitleidend an. „Rüdiger ist derart hoch verschuldet, dass er bei allen staatlichen Spielcasinos gesperrt ist. Er steht dort auf einer roten Liste. Ein Teil seines Gehaltes wird inzwischen von seiner früheren Hausbank gepfändet. Dieser Mann steht wirklich finanziell mit dem Rücken zur Wand. Eine Therapie, um von seiner Spielsucht loszukommen, ist vor zwei Jahren erfolglos geblieben. Auch das haben die Recherchen über ihn ergeben." Konrad hob entschuldigend die Hände, wie ein Arzt, der eine abschließende, unbefriedigende Diagnose verkünden musste. „Tja, dem Mann ist nicht zu helfen. Er ist noch nicht tief genug gesunken, um sich selbst am Schopf aus dem Wasser zu ziehen, obwohl ihm das Wasser schon bis zum Hals oder sogar bis zur Oberkante Unterlippe steht. Er hat einfach nicht das Bewusstsein für die Realität und seine fatale Lage. Mit anderen Worten: Er ist krank."

„Und ich kann ihn nicht heilen?" Anna-Karina suchte nach einem Rettungsanker für Rüdiger, aber auch für sich und für ihre Beziehung. War es möglich, Zweifel an den Worten des Mediziners zu haben? Konrad hatte sehr überzeugend gewirkt.

„Das weiß ich nicht", antwortete Konrad mitfühlend. „Ich kann dir nur den Rat geben, mit ihm zu sprechen. Wenn er ehrlich zu dir und zu sich ist, wird er seine Spielsucht und seine Verschuldung zugeben."

„Anderenfalls?" Anna-Karina fürchtete sich vor der Antwort.

Konrad blieb diplomatisch. „Wenn dein Freund seine Verschuldung und seine Spielsucht verharmlost oder gar verleugnet, hat er trotz seiner Verzweiflung den Ernst der Lage noch nicht erkannt. Denn es ist ja unbestreitbar ein Verzweiflungsakt, wenn er Winands Geschenk an dich verkaufen will. Dann können wir ihm auch nicht helfen. Du kannst es nicht, seine Ehefrau kann es nicht, seine Tochter kann es nicht und die Psychologen können es auch nicht." Konrad legte die Arme auf Anna-Karinas Schultern und schaute ihr tief in die Augen. „Deshalb kann ich dir nur einen Rat geben: Frage Rüdiger und konfrontiere ihn mit seiner Situation."

„Und dann?"

„Dann muss er sich selbst entscheiden."

„So wie du dich auch für dich selbst entscheiden musst", fügte Christina bedauernd hinzu. „Es täte mir wirklich leid, wenn ich Recht behielte wegen meiner Ablehnung von Rüdiger. Aber es täte mir in der Seele weh, wenn du wegen Rüdiger noch mehr in einen Sog gezogen wirst, der dich schlussendlich auch in den finanziellen Ruin treiben würde."

„Aber ich liebe ihn doch", sagte Anna-Karina trotzig, obwohl langsam in ihr Zweifel keimten.

„Das ist redlich, wenn du ihn liebst", bemerkte Konrad gelassen mit all seiner Lebenserfahrung. „Zur Liebe gehören immer zwei. Wenn Rüdiger dich so liebst wie du ihn, wird er dir gegenüber offen und ehrlich sein und seine Krankheit thematisieren. Dann habt ihr eine gute Basis und eine Chance, ihm zu helfen."

# 25.

Anna-Karina hatte sich alle möglichen Gedanken gemacht und danach konkrete Fragen formuliert, die sie Rüdiger nach der Rückkehr von seiner Dienstreise stellen wollte. Sie war überzeugt, seine Antworten würden zu ihrer Zufriedenheit ausfallen. Alles wird nur ein großes Missverständnis sein, redete sie sich ein, Rüdiger würde niemals etwas tun, was nicht für sie beide gut wäre. Anna-Karina freute sich auf ihn in großer Zuversicht, dass Rüdiger die Erklärungen hatte, durch die garantiert alle Anfeindungen, Vorhalte und vermeintlichen Tricksereien als Irrtümer entlarvt würden. Er gehörte zu ihr wie sie zu ihm. In guten und auch in schlechten Zeiten, von denen sie aber weit entfernt waren und die auch niemals eintreten würden.

Es war für sie einfach unvorstellbar, dass Rüdiger nicht geschieden sein sollte. Er hätte es ihr gesagt. Sie hätte es ihm außerdem angesehen, wenn er die Scheidung nur vorgetäuscht hätte. Da musste der Galerist längst überholte Informationen erhalten haben. Leichte Zweifel, die gelegentlich in ihr hochstiegen, wischte Anna-Karina sofort beiseite. Sie wollte sich ihre positive Grundeinstellung zu ihrem zukünftigen Ehemann nicht mies machen lassen, weder von anderen, noch von sich selbst. Rüdiger hatte alles richtig gemacht. Und wenn er das Gemälde verkaufte, so tat er dies nur, um für sie beide etwa Gutes zu tun.

Von dieser Überzeugung würde sie sich von niemandem abbringen lassen.

Alle ihre vorbereiteten Fragen waren mit einem Schlag hinfällig geworden, weil Rüdiger sie bei seiner Ankunft sofort mit einer Mitteilung überfuhr, die seine große Begeisterung und Freude widerspiegelte und die sie beinahe sprachlos machte: „Stell dir vor, ich habe das Bild so gut wie verkauft! Der Käufer muss jetzt nur noch mit dem Galeristen die Modalitäten von Bildübergabe und Geldzahlung regeln. Ich nehme das Bild am besten mit, wenn ich wieder los muss und bringe es in der Galerie vorbei."

Er hatte Anna-Karina innig umarmt und sie mit Küssen überhäuft. „Stell dir vor, wir bekommen 50.000 Euro dafür! Ist das nicht der totale Wahnsinn?"

„Wie viel?", fragte Anna-Karina völlig perplex. Sie musste sich verhört haben.

Rüdiger verstand ihre Frage falsch. „Du hast richtig gehört, wir bekommen 50.000 Euro für die Farbkleckserei."

Anna-Karina schlängelte sich aus seinen Armen und schaute ihn irritiert an. „Meinst du wirklich 50.000 Euro?"

„Ja", antwortete Rüdiger mit souveräner Lässigkeit. „Der Käufer wollte maximal 40.000 bezahlen, aber ich bin knallhart geblieben." Er wirkte sehr von sich überzeugt und überzeugend. „Da ist er eingeknickt und hat meine Forderung erfüllt."

Anna-Karina hingegen betrachtete den vor ihr stehenden Mann argwöhnisch. „Du meinst tatsächlich 50.000 Euro und nicht etwa 250.000 Euro?"

Das heftige Flackern in seinen Augen verriet Rüdiger, auch wenn er sich den Anschein gab, Herr der Lage und seiner Körpersprache zu sein.

„Du glaubst doch nicht im Ernst, dass irgendeiner auf der Welt für den Mist wirklich 250.000 Euro geben würde. Das ist ein Hirngespinst. 50.000 sind das Höchste der Gefühle."

Rüdiger log sie dreist an, das wurde Anna-Karina in diesem Moment klar. Er würde ihr beim Verkauf 200.000 Euro unterschlagen.

„Für 50.000 wird das Bild nicht verkauft", sagte sie entschlossen. „Das ist mir zu wenig. Ich will einen sechsstelligen Betrag."

„Aber, aber", stammelte Rüdiger, „ich habe doch im Prinzip schon den Kaufvertrag abgeschlossen. Ich hatte doch die Vollmacht von dir. Ich sollte das Bild doch für dich verkaufen."

„Eine Vollmacht hattest du nicht. Du hattest allenfalls meine Erlaubnis, dich um einen Verkauf zu kümmern", belehrte ihn Anna-Karina. „Schriftlich hast du nichts. Letztendlich ist es mein Eigentum und muss ich entscheiden." Sie sah Rüdiger mit ruhigem Blick an, obwohl es in ihr brodelte. Auf wessen Seite müsste sie sich schlagen, auf die von Rüdiger oder auf die von Konrad und den Zweiflern an Rüdigers Redlichkeit?

Mit einem Mal war das absolute Vertrauen zu ihrem Freund dahin.

„Am besten ist es wohl, ich fahre mit zu dem Galeristen", schlug sie vor. „Dann können wir alles auf kurzem Wege regeln. Oder was meinst du?"

„Nein!" Rüdigers Stimme wurde laut, schrill und schnell. „Du hast doch keine Ahnung vom Geschäft. Ich habe es für dich getan. Jetzt kannst du nicht auf einmal einen Rückzieher machen."

„Mache ich nicht", widersprach Anna-Karina besonnen. „Ich meine nur, dass mir 50.000 zu wenig sind. Ich möchte einen sechsstelligen Betrag auf meinem Konto sehen", wiederholte sie.

Rüdiger schluckte schwer. „Auf deinem Konto?"

„Auf wessen denn sonst?", fragte Anna-Karina zurück. „Du wirst dem Galeristen doch wohl meine Kontonummer angeben haben. Oder?"

Stöhnend schlug Rüdiger die Hände über dem Kopf zusammen. „Was willst du denn mit so viel Geld auf deinem Konto? Du kannst doch gar nicht damit umgehen. Ich sorge dafür, dass es gewinnbringend angelegt wird. Ich habe eine tolle Investition an der Hand, dadurch werden die 50.000 in einem Jahr garantiert mindestens zu 100.000."

„Das ist ja wirklich lukrativ", meinte Anna-Karina freudig. „Dann werden ja aus 250.000 schnell eine halbe Million."

Das Flackern in Rüdigers Augen wurde wieder heftiger. „Du hast doch keine Ahnung vom Finanzwesen. Das ist mein Metier. Lass mich machen, und freu dich über die 50.000, die ich in einem Jahr zu 100.00 mache. Das ist eine todsichere Investition."

„Wie? Wo? Etwa in einem privaten Spielcasino?" Endlich war es raus, was sie schon lange belastete.

Was diese Bemerkung solle, fragte Rüdiger mit großer Verwunderung. „Ich weiß gar nicht, was ein privates Spielcasino ist."

„Dann meinetwegen ein staatliches?"

„Ich bin in meinem Leben noch nie in einem Spielcasino gewesen", behauptete Rüdiger. „Ich wüsste gar nicht, was ich da sollte."

„Zocken. Roulette oder Poker. Da gibt es einiges, womit sich Geld machen und verlieren lässt. Aber davon hast du wahrscheinlich keine Ahnung."

„Woher sollte ich?" Rüdiger sah sie mit einem süffisanten Lächeln an. „Ich habe noch nie beim Roulette mitgemacht und Pokern kenne ich nur aus dem Fernsehen", sagte er gelassen.

Anna-Karina überlegte lange.

Was sollte sie davon halten? Wer tischte ihr Unwahrheiten auf? War es Konrad gewesen oder war es Rüdiger? Lag der im Raum stehende Kaufpreis für das Kunstwerk bei stattlichen 250.000 oder tatsächlich nur bei 50.000 Euro? War Rüdiger nun spielsüchtig und hatte Hausverbote in Spielcasinos oder hängten ihm Missgünstige etwas an?

„Meine Liebe, was ist?" Rüdiger beendete die lange Denkpause. Er wollte Anna-Karina in die Arme nehmen. Doch sie drehte sich ab. Seine Nähe erlebte sie als Aufdringlichkeit.

„Nichts", antwortete sie. „Ich würde mich nur freuen, wenn du mir den Namen des Galeristen geben würdest, damit ich morgen selbst mit ihm sprechen kann. Jetzt bin ich nur noch müde und will schlafen. Ich hatte einen langen Arbeitstag."

„Misstraust du mir etwa, meine Liebe?", fragte Rüdiger argwöhnisch.

„Nein", beteuerte Anna-Karina eilig, und sie hoffte, dass sie glaubwürdig wirkte, obwohl sie log. „Es erleichtert doch die Abwicklung des Geschäfts, wenn ich direkt mit dem Galeristen rede. Immerhin bin ich die Eigentümerin des Bildes." Sie war froh, dass ihr das Argument einfiel. „Wenn ich selbst den Kaufvertrag unterzeichne, brauchst du keine beglaubigte Zustimmung von mir, wenn du den Vertrag statt meiner abschließt. Dann geht das doch viel schneller. Du kannst ja gerne vorher noch einmal verhandeln. Aber nicht über 50.000. Das ist mir viel zu wenig."

„Du misstraust mir doch", warf ihr Rüdiger vor. „Es ist doch alles geregelt mit dem Galeristen. Was willst du noch mehr?"

„Nein, ich misstraue dir nicht", versicherte Anna-Karina wider besseres Wissens, „aber offensichtlich misstraust du mir, wenn du mich nicht mit dem Galeristen sprechen lassen willst."

Sie hatte sich schon zum Gehen abgedreht, als ihr scheinbar noch etwas einfiel.

„Wann wollten wir eigentlich heiraten?"

„Irgendwann, das hat doch keine Eile", antwortete Rüdiger spontan.

„Irgendwann ist mir zu ungenau. Ich möchte noch dieses Jahr unter die Haube. Weihnachten möchte ich mit einer kompletten Familie mit Vater, Mutter und zwei Kindern feiern. Oder sprich aus deiner Sicht etwas dagegen?"

„Nein", stammelte Rüdiger, „im Prinzip nicht, aber das kommt jetzt so plötzlich. Damit habe ich jetzt nicht gerechnet. Aber wenn du willst."

„Okay. Wir haben lange genug gewartet", meinte Anna-Karina mit großer Entschlossenheit. „Ich gehe morgen zum Standesamt und lasse uns den nächstmöglichen Termin für unsere Hochzeit geben. Einverstanden?", fragte sich lächelnd.

„Muss das wirklich so schnell sein?"

„Warum nicht? An welchen Termin hattest du denn gedacht?"

Rüdiger schluckte. „Ich dachte, vielleicht in ein paar Monaten, frühestens aber im nächsten Jahr."

„Das ist mir zu spät." Anna-Karina schüttelte ihre wellige Haarpracht. „Ich will dich so schnell wie möglich heiraten. Wenn wir Glück haben, klappt es sogar schon nächste Woche. Meine Freundin Christina hat bestimmt gute Beziehungen zum Rathaus. Die kriegt dann sogar geregelt, dass uns der Bürgermeister höchstpersönlich traut. Sie wird unsere Trauzeugin. Und wir bekommen bestimmt auch einen Termin im Trauzimmer des Schlosses. Ich werde Graf Arnulf selbst anrufen. Der kennt mich ja inzwischen und sagt garantiert nicht nein, wenn ich ihn freundlich bitte."

„Nein!" Wieder wurde Rüdigers Stimme schnell, schrill und laut. „Das mache ich nicht mit. Ich brauche meine Zeit. Ich kann nicht so schnell." Er fuhr sich nervös mit den Händen übers Gesicht. „Das ist ja fast so etwas wie ein Überfall."

„Du hast mir doch einen Heiratsantrag gemacht, mein Lieber, wenn ich dich daran erinnern darf. Und jetzt hast du auf einmal alle Zeit der Welt. Das verstehe ich beim besten Willen nicht", meinte Anna-Karina in ihrer Erwiderung. Sie gähnte erneut. „Lass uns schlafen. Morgen kannst du mir ja sagen, was du zu meinen Überlegungen meinst."

Als Anna-Karina am Morgen aufwachte, war der Platz neben ihr im Bett, entgegen aller Gewohnheiten, leer. Üblicherweise stand sie als Erste auf, während sich Rüdiger noch einmal auf die Seite drehte, und bereitete das Frühstück vor. Rüdiger kam meistens erst in die Küche, wenn sie die Kinder versorgt und in die Schule geschickt hatte und er sich an den gedeckten Tisch setzen konnte. Das Laken neben ihr war kalt, stellte Anna-Karina fest, was dafür sprach, dass Rüdiger schon vor längerer Zeit aufgestanden sein musste.

Musste sie sich Sorgen machen?

Die Situation kam Anna-Karina nicht geheuer vor.

Rüdiger hatte sich aus dem Schlafzimmer geschlichen und es dabei geschafft, sie nicht zu wecken. Sein Reisekoffer, den er neben der Garderobe abgestellt hatte, fehlte ebenso wie die Lederjacke, die er an den Haken gehängt hatte. Die letzte Gewissheit, dass Rüdiger in der Nacht klammheimlich das Haus verlassen hatte, fand Anna-Karina auf dem leeren Küchentisch.

„Ich muss ganz dringend auf eine Dienstreise. Ich habe heute Nacht einen Anruf bekommen. Ich melde mich", stand hastig hingeschrieben auf einer Papierserviette. Kein Gruß, kein Kuss, kein Name.

Rüdiger hatte sich aus dem Staub gemacht.

Er würde sich nicht mehr melden, das wurde Anna-Karina sofort bewusst. Anscheinend war er doch noch der, der er gewesen war, als er sie zum ersten Mal hintergangen hatte. Auch sie würde sich nicht die Mühe machen, ihn zu kontaktieren.

Eine Ahnung durchfuhr sie. Sie eilte in ihr Arbeitszimmer und erkannte, was sie insgeheim gedacht hatte. Rüdiger hatte die Verpackung, in der das von Winand geschenkte Bild angeliefert worden war, mitgenommen. Er konnte nicht wissen, dass Anna-Karina das Gemälde längst zwischen anderen gerahmten Bildern, die auf dem Speicher lagerten, versteckt hatte.

Das Kapitel Rüdiger war beendet. Irgendwie tat er ihr in seiner Armseligkeit schon Leid.

Aber nur ein bisschen.

# 26.

Nein, sie hege wirklich keinerlei Triumphgefühle, versicherte Christina mit großer Ernsthaftigkeit. Vielmehr bedauere sie, dass ihre Freundin so von einem Mann getäuscht wurde, von dem sie glaubte, er sei die Liebe ihres Lebens.

„Komm, lass dich in den Arm nehmen und drücken. Denk nicht mehr an den bescheuerten Kerl. Der ist es nicht wert."

„Der bescheuerte Kerl war einmal." Anna-Karina lächelte gequält. Sie hatte schon früh am Morgen die Journalistin zu einem dringenden Kaffeeklatsch eingeladen und dann nervös im Lieblingscafé auf Christina gewartet. Sie war nur noch froh, dass die Freundin bei ihr war und sie jemanden hatte, dem sie sich anvertrauen konnte.

Bereitwillig und ausführlich berichtete sich vom Vorabend und dem Gespräch mit Rüdiger.

„Ich finde es schlimm, dass er keine Farbe bekennt. Aber noch schlimmer finde ich es, dass er mein Bild klammheimlich mitnehmen wollte, ohne mir etwas zu sagen", sagte sie abschließend.

„Das wäre dann Diebstahl gewesen", meinte Christina, „aber das spielt überhaupt keine Rolle mehr." Der Galerist habe schon in Herrgottsfrühe bei Konrad angerufen und ihm mitgeteilt, dass ein Kauf des Gemäldes nicht mehr möglich sei. Der Eigentümer wolle es doch behalten und denke nicht mehr daran, es abzugeben. Der Vertreter des Eigentümers hätte ihn darüber in Kenntnis gesetzt.

Christina nippte kurz an ihrem Kaffee. „Das war's dann wohl mit Rüdiger. Oder muss ich mir hier auf eine Überraschung vorbereiten. Bei dir weiß frau ja nie, woran sie mit Rüdiger ist."

Anna-Karina funkelte die Freundin böse an. „Wenn du noch einmal diesen Namen in den Mund nimmst, dann rede ich nie mehr mit dir." Sie musste über sich selbst lachen. „Wie blöd ist das denn? Der Kerl ist Vergangenheit. Der wird nicht noch einmal bei mir auftauchen und von unvergesslicher, unendlicher Liebe faseln. Mich interessiert noch nicht einmal, was mit ihm geschieht. Also reden wir nicht mehr über den bescheuerten Kerl, sondern über uns."

Christina nickte zustimmend. „Was willst du denn als Nächstes tun?"

Erneut lachte Anna-Karina. „Was tun denn Frauen in meiner Situation?"

„Keine Ahnung", bekannte Christina.

„Ich habe gleich einen Termin beim Frisör."

Anna-Karina erschrak sich, zugleich stieg Freude in ihr auf, als ihr Winand in der Fußgängerzone entgegenkam. Der Mann schien sie gar nicht zu bemerken, als er sich gedankenversunken einen Weg durch die Passanten bahnte.

„Guten Tag", flüsterte sie vorsichtig, als er an ihr vorbeiging.

Ohne die Frau zu beachten, nickte Winand und ging weiter.

„Hallo! Geht's noch?", sagte sie spontan. Winand benahm sich wie bei ihrer Begegnung auf dem Friedhof. Ihr fiel auf, dass sie die gleichen Worte wie damals benutzt hatte.

Winand stoppte, endlich schien er Anna-Karina wahrzunehmen. Ein flüchtiges Lächeln zog über sein Gesicht, dann kehrte er wieder seinen sachlichen Gesichtsausdruck zurück.

„Kennen wir uns etwa?" Er schien zu überlegen. Dann tippte er sich gegen den Kopf. „Natürlich kennen wir uns. Entschuldigen Sie mein schlechtes Erinnerungsvermögen."

Meinte er das wirklich ernst oder foppte er sie? Unschlüssig stierte Anna-Karina den Mann an, der sich ein Schmunzeln nicht verkneifen konnte.

„So senil bin ich nun auch nicht, dass ich dich nicht wiedererkennen würde, Anna-Karina. Übrigens: Die Frisur steht dir mindestens genauso gut wie das schulterlange Haar. Nein", er musterte sie ungeniert und mit großem Wohlwollen, „ich glaube, sie passt noch etwas besser zu dir."

Unwillkürlich fuhr sich Anna-Karina über ihren kurzgeschnittenen Lockenkopf. „Danke", sagte sie mit krächzender Stimme. Sie glaubte zu erröten. Sie war unschlüssig. Wie sollte sie bloß das Gespräch fortsetzen oder beenden?

Winand half ihr unabsichtlich. „Darf ich dich zum Mittagessen einladen? Ich habe Appetit auf einen Salatteller. Und du?"

Ohne zu zögern, nahm Anna-Karina die Einladung an. Vielleicht ergab sich die Gelegenheit, über das geschenkte Gemälde zu sprechen. Sie würde es ihm zurückgeben. Er würde garantiert darauf zu sprechen kommen.

Doch war weder die geplatzte Hochzeit noch sein Geschenk Winand ein Wort wert.

„Alles gut?", fragte er höflich, nachdem sie auf der schattigen Gartenterrasse eines Restaurants Platz genommen hatten. Seine Augen ruhten auf ihr, sie wirkten matt und müde. Es schien, als hätten sie ihre Strahlkraft verloren.

„Nicht unbedingt", bekannte Anna-Karina. Was sollte sie um den heißen Brei herumreden? Winand würde sie zappeln lassen, bis sie von sich aus genötigt war, mit ihren Problemen herauszurücken.

„Du weißt doch längst, dass ich nicht heiraten werde. Damit ist auch der Grund für dein unangemessenes Geschenk entfallen. Du bekommst das Gemälde natürlich zurück."

„Nein", sagte Winand streng. Sein Blick wurde durchdringend. „Es ist und bleibt dein Bild. Ich will es nicht zurück. Das ist ein Geschenk. Du behält es." Der letzte, knappe Satz hörte sich wie ein Befehl an, der keinen Widerspruch zuließ.

Anna-Karina schluckte, dann nickte sie. „Wenn du meinst." Sie würde das Bild nicht behalten, aber auch nicht verkaufen. Der Graf würde es bestimmt gerne in seine Museumssammlung aufnehmen. Damit bliebe es auch in der Nähe von Winand.

„Dann sind wir uns ja einig", sagte Winand zufrieden. Er stocherte ungelenk in seinem Salat und verzweifelte fast an der grünen Olive, die sich nicht auf die Gabel stechen ließ.

Anna-Karina beobachtete ihn stumm. Was war das bloß für ein Mann, der freiwillig und grundlos auf ein wertvolles Bild verzichtete und der mit ihr sprach, als hätte es nie etwas zwischen ihnen gegeben? Warum zog er sich in ein Schneckenhaus zurück, statt mit ihr über irgendetwas zu reden?

Ihr Gespräch würde unweigerlich versanden, wenn sie sich nicht um eine Fortsetzung bemühte. Winand hatte offenbar gesagt, was er zu sagen hatte. Anna-Karina ließ die wenigen Wochen und Monaten, die sie Winand kannte, vor ihrem inneren Auge vorüberziehen. Etwas hatte gehakt.

Aber was war es bloß gewesen? Was war falsch gelaufen? Wo hatte sie oder er vielleicht einen Fehler gemacht?

Endlich fiel es ihr ein, obwohl es so offensichtlich war. Vielleicht wäre ihre Beziehung anders verlaufen, wenn sie damals anders reagiert hätte. Vielleicht war es aber jetzt schon zu spät, um überhaupt irgendetwas zu verändern oder auf eine anderen Bahn zu schieben

„Winand, darf ich dich etwas fragen?", sagte sie zögerlich.

Zweifelnd betrachtete sie den Mann, der sich mit der Serviette den Mund abwischte, ehe er aufmunternd antwortete: „Nur zu. Leg dir keinen Zwang auf. Ich höre dir gerne zu."

„Du hast damals im Park gesagt, du würdest mich gerne küssen, aber das sei eine blöde Idee."

„Richtig, und du hattest mich resolut unterbrochen, wenn ich dich daran erinnern darf."

„Ich weiß, und das war auch richtig so", sagte Anna-Karina. „Aber ich würde doch gerne von dir wissen, warum das eine blöde Idee war."

Winand lehnte sich zurück und griff zu seinem Wasserglas. Langsam nahm er einen Schluck und stellte das Glas zurück auf den Tisch. Mit klarem Blick schaute er Anna-Karina ins Gesicht.

„Ich hatte schon gedacht, du würdest mich nie danach fragen. Wenn ich dir damals eine Antwort auf eine nichtgestellte Frage von dir gegeben hätte, wäre uns bestimmt einiges an Irritationen erspart geblieben." Er hatte nach ihren Händen gegriffen auf der Tischplatte und streichelte nachdenklich über die Finger.

Anna-Karina dachte nicht einen Moment daran, die Hände zurückzuziehen. Sie genoss den flüchtigen Kontakt.

„Um es kurz zu machen. Es ist deshalb eine blöde Idee, weil ich zu alt für dich und du zu jung für mich bist", sagte Winand unaufgeregt, ohne zu ihr aufzublicken. „Was willst du eine Beziehung mit einem alten Knacker eingehen? Was hat so ein alter Kerl wie ich davon, wenn er eine Beziehung zu einer so jungen Frau wie du beginnt. Allein deshalb ist es eine blöde Idee, dich küssen zu wollen und damit eventuell den Beginn einer Liebschaft zu dokumentieren." Er runzelte die Stirn. „Das ist ein sachlich, nüchterner Grund für einen realistisch denkenden Menschen. Das hat nichts mit mir und mit meinen innigen Gefühlen für dich zu tun." Winand lächelte sie an.

„Ich bin zu jung für dich?" Anna-Karina musste unwillkürlich an Christina und Konrad denken, zwischen denen annähernd der gleiche Altersunterschied bestand.

Was für die beiden kein Problem war, sondern sogar ein Gewinn, wäre für Konrad ein Grund, sie zurückzuweisen?

„Mit zunehmendem Alter wird der Unterschied weniger bedeutsam. Und du bist ja nicht so viel älter, als dass du mein Vater sein könntest. Es sind ja nicht einmal 15 Jahre", entgegnete sie.

„Ich bin also nicht zu alt für dich?" Nüchtern stellte Winand die Frage.

Das sei nicht das Thema, wiegelte Anna-Karina ab. „Wir haben nie darüber gesprochen und ich habe mir deshalb nie darüber Gedanken gemacht."

„Aber ich habe mir Gedanken gemacht", betonte Winand. „Ich möchte keiner Frau zumuten, einen viel älteren Mann an ihrer Seite zu haben. Denke nur zehn oder zwanzig Jahre weiter. Dann bin ich ein vielleicht pflegebedürftiger Tattergreis. Das möchte ich niemandem zumuten."

„Das Leben geschieht heute, nicht in zehn oder zwanzig Jahren", hielt Anna-Karina sofort dagegen. „Das Argument lasse ich nicht gelten." Sie wollte die von Winand skizzierte Zukunft nicht akzeptieren.

„Mit anderen Worten: Ich finde mich zu alt für dich, aber du findest dich nicht zu jung für mich." Der Mann schmunzelte.

Anna-Karina wollte sich nicht festlegen lassen. „Mach es doch nicht so kompliziert, Winand. Du entscheidest für dich. Und wenn du deine Regeln hast, musst du damit klar kommen."

„Okay."

190

Warum Winand grinste, verstand Anna-Karina nicht. Was gab es bei so einem komplizierten Thema zu grinsen? Entweder nahm Winand sie nicht ernst oder er hatte sich schon längst entschieden, seinen Weg zu gehen.

„Ich hatte gehofft, du würdest den Altersunterschied als Totschlagargument akzeptieren", fuhr er fort, „aber da hab ich mich wohl geirrt, was ich durchaus nicht als schlecht empfinde. Aber da dieses Argument für dich nicht gilt, hätte ich den zweiten Grund gar nicht erwähnen brauchen."

„Und der ist?"

„Wie du weißt, bin ich verheiratet. Und ich werde mich niemals von Maria trennen, geschweige denn, mich von ihr scheiden lassen." Winand atmete tief durch. „ Und zugleich bist du mir zu wertvoll und mir zu lieb, um dich vielleicht in falschen Hoffnungen zu wiegen. Du hast es nicht verdient, bloß eine Affäre eines verheirateten Mannes zu sein. Eben weil ich dich so schätze und mag, würde ich dich und mich nie in die Verlegenheit bringen wollen, eine engere Beziehung einzugehen. Und außerdem hattest du ja eine feste Beziehung, die ich niemals zerstören würde."

Anna-Karina brauche einige Sekunden, um die Sätze sacken zu lassen und einzuordnen. Sie überlegte lange an einer Erwiderung.

In Winands Jackentasche machte sich ein Smartphone bemerkbar. Entschuldigend aktivierte er das Gerät, lauschte kurz und sagte, leicht erblassend, knapp: „Ich komme sofort." Schnell erhob er sich. Bedauernd zuckte er mit den Schultern. „Ich muss los. Vielleicht sehen wir uns ja wieder. Melde dich, wenn du willst." Er hauchte ihr einen Kuss auf die Wange.

„Ich mag dich wirklich sehr, Prinzessin."

Noch ehe Anna-Karina etwas sagen konnte, war Winand aus ihrem Blickfeld verschwunden.

# 27.

Unruhig wälzte sich Anna-Karina in ihrem Bett. An Schlaf war nicht zu denken. Immer, wenn sie die Augen schloss, sah sie in das Gesicht von Winand. Es war zum Greifen nah und doch so fern. Sie hätte gerne die Nähe dieses Mannes gespürt, auch wenn sie sich zugleich dagegen sträubte.

Was sollte er denn von ihr denken? Erst trennt sie sich von dem Mann, den sei unbedingt heiraten will, danach wirft sie sich Winand an den Hals. Der müsste doch denken, dass er bloß ein Notnagel ist, dass er eine Lücke ausfüllt.

‚Was mach ich blöde Kuh mir überhaupt Gedanken', fragte sie sich. Winand war und blieb kein Mann für sie, was vielleicht zu bedauern, aber auch nicht zu ändern war. Er war wenigstens ehrlich zu ihr gewesen; anders als Rüdiger, der ihr eine Scheidung vorgegaukelt hatte, als er ihr ewige Liebe schwor. Und sie bescheuertes Huhn war auf diesen Heuchler blind vor vermeintlicher gegenseitiger Zuneigung hereingefallen.

Winand würde sich niemals von seiner Frau trennen und sich auch nicht von ihr scheiden lassen; deutlicher ging es ja wohl nicht, um festzustellen, welche Rolle sie für ihn spielte. Ihn zum Freund zu haben, war Anna-Karina zu wenig. Sie wollte ihn für den Tag und die Nacht – oder gar nicht. Dazwischen gab es nichts.

Und deshalb war jeder Gedanke an Winand ein Gedanke zu viel.

‚Irgendwie komme ich nicht von ihm los', sagte sie sich, ‚aber ich muss.' Sie würde sich nicht bei ihm melden, das hatte sie sich vorgenommen.

Da konnte passieren, was will.

Und dennoch schaute sie jeden Tag in das elektronische Postfach ihres Rechners und in den Briefkasten neben dem Hauseingang, ob es nicht doch ein kleines Lebenszeichen von Winand gab. Ein winziges Zeichen, das verdeutlichte, dass er etwas für sie empfang, mehr, als er beim letztes Treffen gesagt hatte. Sein „Ich mag dich wirklich sehr, Prinzessin", tat gut und schmerzte zugleich. Sie hatte gespürt, dass es für ihn mehr als eine Floskel war, mit der er ihr schmeicheln wollte.

Manchmal redete sie sich ein, Winand habe von sich aus ihre Beziehung beendet und nur darauf gewartet, dass er ihr die Argumente nennen konnte: den Altersunterschied und, alles entscheidend, seine Ehe. Dann glaubte sie, Winand meinte es doch nicht so, wie er es gesagt hatte. Immerhin hatte er sie als seine Prinzessin bezeichnet.

Eine Prinzessin ist weniger als eine Königin, dachte sie. Und den Thron für die Königin hatte Winand unmissverständlich vergeben. Er würde ihn nicht für sie freimachen.

„Leb wohl, Wiwi!", sagte Anna-Karina laut in das dunkle Zimmer hinein und drehte sich vom Rücken auf die Seite. Sie traute sich nicht, die Augen zu schließen. Denn sie würde dann unweigerlich den Mann sehen, der in ihrem Leben keinen Platz haben konnte.

Winand machte sich ernstlich Sorgen um sich selbst. Er hatte Angst, die Kontrolle über sich zu verlieren. Immer hatte er in seinem Leben Wege und Lösungen gefunden, um das aus seiner Sicht Richtige zu tun. Das war beruflich der Fall gewesen, als er die Anstellung bei der Finanzbehörde aufgab und seinen eigenen Erfolgsweg ging, das war privat nicht anders gewesen, als er die richtige Frau geheiratet hatte, mit der er zwei Söhne hatte, die ohne mit Stolz erfüllten. Er würde Maria ewig dankbar sein und sie niemals im Stich lassen. Und ausgerechnet jetzt musste er über diese einmalige, unvergleichliche, liebenswerte Person stolpern, der vielleicht noch nicht einmal bewusst geworden war, was sie in ihren bisweilen impulsiven und etwas chaotischen Art in ihm ausgelöst hatte und was er für sie fühlte. Aber diese Frau würde für ihn unerreichbar sein; wegen Maria und wegen seines Alters, das nach Behauptungen seines

Freundes Konrad nur zahlenmäßig zutraf. Nach dem Fitnesszustand und den Werten würde er als Mittfünfziger durchgehen. Er wollte keine Gedanken mehr an Anna-Karina verschwenden. Aber seine Gedanken waren frei und ließen sich nicht von ihm bändigen.

Der Schuss vor dem Bug vor mehr als vier Jahren, als er kurz vor dem Kollaps gestanden hatte, war deutlich genug gewesen. Seitdem hatte Winand an sich und seiner Körperlichkeit gearbeitet, ohne einen Gedanken daran zu verschwenden, dass er als ranker, schlanker, sportlich aktiver Mann für Frauen interessant werden könnte. Er hatte mehrfach Annäherungsversuche zurückgewiesen – aber bei dieser unmöglichen, quirligen, lässigen Frau versagten alle seine Abwehrmechanismen. Er vermisste sie schon, wenn er sich verabschiedet hatte. Er freute sich auf sie, auch wenn das nächste Treffen erst in ein paar Tagen stattfinden sollte. Ihren Blick, ihr Lächeln, ihre Umarmung, ihre Stimme würde er niemals vergessen.

Aber es stand für ihn fest, dass diese Frau nicht länger Teil seines Lebens sein würde. Bestimmt wäre es ein Leichtes gewesen, sie näher an sich zu binden, wenn er sie frühzeitig und nachhaltig über diesen Versager Rüdiger aufgeklärt hätte. Vielleicht hätte er sie damit aber auch nur verprellt und gegen sich aufgebracht. Das Intrigieren hätte nicht seinem Wesen entsprochen. Er würde nie einen anderen Menschen miesmachen, um sich selbst in ein besseres Licht zu stellen. Das hatte er nie gemacht und würde er auch in Zukunft nicht machen. Das passte nicht zu seiner Auffassung vom Leben.

Er lag nächtelang wach im Bett und fand keinen Schlaf. Die Gedanken an Anna-Karina ließen ihn einfach nicht los. Was sollte er machen?

Die Antwort auf seine Frage lag dabei klar und unmissverständlich auf der Hand.

„Ich muss mit Maria reden", sagte er laut in die Dunkelheit. Es führte kein Weg daran vorbei. Maria würde ihm helfen, davon war er überzeugt. Sie würde ihm den richtigen Weg zeigen. Und wenn Maria ihn darum bat, die freundschaftliche Beziehung zu Anna-Karina, die nicht mehr werden durfte, endgültig zu beenden, dann würde er ihre Bitte sofort erfüllen.

Aus ewiger Liebe und Treue zu ihr, in guten wie in schlechten Zeiten, so wie sie es sich im Standesamt und vor dem Altar geschworen hatten.

## 28.

Anna-Karina hatte für sich beschlossen, dass sie nicht aktiv werden würde, um Winand wiederzusehen. Sollten sie sich zufällig in der Stadt begegnen, würde sie ihm freundlich gegenübertreten. Sie würde versuchen, unverkrampft und unbefangen zu sein, und sie würden sich dann wieder voneinander verabschieden – bis zum nächsten zufälligen Wiedersehen. Es gab keinen Grund, sich länger und mehr mit dem Mann zu beschäftigen, der ihr den Atem raubte. Das war vertane Zeit und unergiebiges Tun.

Irgendwann würde die Zeit die Erinnerung an ihn vergessen lassen.

Ob Winand auch so dachte? Anna-Karina wollte sich diese Frage nicht stellen. Dennoch gab sie sich eine Antwort, die sie unzufrieden machte. Wahrscheinlich dachte er ebenso. Anderenfalls hätte er doch längst versucht, sie anzuschreiben und sich nach ihrem Befinden zu erkundigen. Er interessierte sich nicht mehr für sie. Selbst in Gesprächen von Winand mit Konrad war sie kein Thema mehr, wenn sie Christinas Berichten glauben sollte.

Eigentlich schade, dachte sie sich insgeheim dennoch. Warum sollte ihre Bekanntschaft, die so schön gewesen war und die sie gerne weiter genossen hätte, so unbefriedigend enden?

Sie hätte Winand, seine Blicke, seine Umarmung, seine Überlegungen gut gebrauchen können, jetzt, da sie sich allein mit den Kindern durchschlagen musste und ihr langsam aber sicher die Finanzen ausgingen und es daher absehbar war, dass sie das schöne Haus aufgeben und in eine kleine Mietwohnung umziehen müsste. Da konnte ihr Christina Aufträge ohne Ende zuschustern und da konnte sie rund um die Uhr arbeiten, das Geld reichte vorne und hinten nicht, um ihre Familie zu ernähren, wenn sie das Haus behalten würde. Die Miete war der einzige Posten, bei dem eine Ersparnis überhaupt noch möglich war.

„Alles Mist", sagte sie mit einem betrübten Blick auf den Hund, den sie beim Betreten des Rundwegs um den See unbefugter Weise abgeleint hat. „Wenigstens du sollst unbekümmert und frei sein, auch wenn dein Büchsenöffner Sorgen hat."

Die kilometerlange Strecke am Wasser entlang machte ihr vielleicht den Kopf frei. Sie freute sich schon auf das Stück Kuchen und den Kaffee auf der Terrasse des Restaurants nach ihrem Spaziergang. Noch konnte sie sich diese kleine Freude gönnen.

Fast schon bereute sie ihren Entschluss, im Restaurant einzukehren, als sie die Frau erkannte, die lesend an einem Tisch saß. Unweigerlich kam der Gedanke an Winand hoch und an die Beobachtung vor ein paar Wochen, als sie mit Rüdiger hier gesessen hatte und Winand mit dieser jungen Frau sehr innig gewesen war.

Warum nicht? Anna-Karina wusste nicht, welcher Teufel sie geritten hatte. Was hatte sie schon zu verlieren? Sie ging entschlossen auf die Frau zu und stellte sich räuspernd vor sie hin.

„Ja, bitte?" Die langhaarige Blondine im Sommerkleid einer Nobelmarke schaute erstaunt von ihrem Buch auf. „Ist was?"

„Eigentlich nicht", entschuldigte sich Anna-Karina, „ich möchte Sie nicht in Ihrer Lektüre stören. Es ist ein Versehen meinerseits." Sie überlegte angestrengt, wie sie einen Rückzug antreten konnte, ohne zu sehr unangenehm aufzufallen. ‚Warum hast du dumme Nuss dich bloß in diese peinliche Situation gebracht?, schimpfte sie innerlich mit sich selbst.

„Wirklich? Nur ein Versehen?" Die Frau betrachtete sie schmunzelnd. Sie legte das Buch beiseite. „Hat Sie vielleicht der Mut verlassen? Sie wollten mich doch bestimmt etwas fragen, weil Sie glaubten, mich zu kennen oder erkannt zu haben. Nicht wahr?"

„Ja", antwortete Anna-Karina spontan und biss sich schmerzhaft auf die Zunge. Jetzt war es endgültig zu spät für einen Rückzug, den sie gerne angetreten hätte.

„Dann setzten Sie sich gerne zu mir und verraten mir, weshalb ich Ihre Aufmerksamkeit erweckt habe." Einladend zeigte die Frau auf den leeren Stuhl ihr gegenüber. Sie gab sich freundlich, gar nicht wie eine klischeegafte Blondine oder eine Schnepfe, die sich von älteren Männern aushalten ließ, eher wie eine Frau, die lebensbejahend und zuversichtlich wirkte und keinen Kontakt scheute.

Unsicher setzte sich Anna-Karina zu ihr. Auf was hatte sie sich jetzt eingelassen?

Der Hund ließ sich sofort zu ihren Füßen nieder und schloss die Augen.

„Und?", fragte die Frau interessiert.

„Ich weiß nicht genau, wie ich anfangen soll", meinte Anna-Karina ausweichend.

„Am besten mit einer Bestellung." Mit einem leichten Winken machte die Frau die Bedienung auf sich aufmerksam. Sie wusste offensichtlich genau, was zu tun war, um die Begegnung nichts versanden zu lassen.

199

„Darf ich Sie zu Kaffee und Kuchen einladen?", fragte sie Anna-Karina höflich, die schluckend nickte.

Wie die Frau sich benahm, könnte sie glatt die Gene von Winand haben, dachte sich Anna-Karina. Aber der hatte ja nur Söhne, wenn sie sich richtig erinnerte.

„Und?" Die Frau, die Anna-Karina auf Mitte 30 schätzte, wiederholte ihre Frage auffordernd, ohne drängend zu wirken.

„Ich habe eigentlich nur eine Frage, die vielleicht auch richtig blöd ist", druckste Anna-Karina herum, „aber vielleicht können Sie mir ein wenig Klarheit verschaffen." Endlich fiel ihr das Reden leichter. Sie gab sich einen Ruck. „Ich habe Sie am Sommeranfang hier am See in Begleitung eines älteren Herrn gesehen. Sie waren mit Rennrädern unterwegs und ich hatte den Eindruck, als würden Sie und der Mann sich sehr gut verstehen. Ich kenne diesen Mann zufälligerweise und würde gerne wissen, wie es ihm geht oder was er macht. Ich habe ihn leider aus den Augen verloren."

„Aus den Augen schon, aber nicht aus dem Sinn", ergänzte die Frau. Sie musterte Anna-Karina interessiert und lachte dann herzhaft. „Sie meinen natürlich Winand, den Schwarm aller Frauen und Traummann aller Witwen. Erst unlängst musste er sich bei einem Ball im Schloss einer penetranten Verehrerin erwehren. Eine Musikerin aus Spanien, für die er dolmetschen sollte. Da hat er sich klammheimlich aus dem Staub gemacht, als sie auf der Bühne Akkordeon spielte, der Feigling, statt seinen Mann zu stehen. So ist es mir jedenfalls geschildert worden."

Anna-Karina hätte sich am liebsten über die flapsige Bemerkung erbost. Winand war kein Feigling! Sie hielt sich aber im Zaum, es war nicht ihre Aufgabe, Winand zu verteidigen oder seine Lebensweise zu rechtfertigen, wenngleich sie der Frau insgeheim in einem Punkt Recht geben musste. Winand war ein Schwarm und ein Traummann.

Die Frau wartete geduldig, bis Anna-Karina das bestellte Gedeck bekommen hatte. „Winand ist in der Tat der liebste Mann, den ich mir denken kann", sagte sie endlich", „na ja, einmal von meinem Mann und meinem Sohn abgesehen."

„Wie? Ich dachte ...", stotterte Anna-Karina und verursachte dadurch ein lautes Gelächter.

„Dachten Sie etwa allen Ernstes, ich hätte was mit Winand? Winand ist mein Schwiegervater, der beste, den man sich denken kann. Als wir damals unsere Radtour gemacht haben, hatte ich gerade den Bescheid vom Finanzamt bekommen, deshalb fiel meine Umarmung und meine Freude vielleicht etwas inniger aus, als es normal ist." Winand hätte ihre Steuererklärung gemacht, berichtete sie freimütig, mit der Nachzahlung und der seither geltenden Regelung der Vorauszahlungen habe er sie und ihre Praxis gerettet. Sie lächelte Anna-Karina freundlich an.

„Ich bin Yvonne Wielandt, wie gesagt, die Schwiegertochter von Winand, und momentan mal wieder auf Besuch in der Heimat." Sie griff zu einem Wasserglas und trank. „Und wer sind Sie? Warum interessiert Sie meine

Beziehung zu diesem attraktiven Mann?", fragte sie ungeniert.

In gewisser Weise war Anna-Karina erleichtert, von dieser Yvonne ging keine Gefahr aus. Im Gegenteil, es schien, als sei die Frau sehr hilfsbereit und vertrauenswürdig. Sie entschloss sich, ohne Umschweife ihre Geschichte mit Winand zu erzählen.

Yvonne hörte aufmerksam zu, ohne sie zu unterbrechen. Ein leichtes Lächeln glitt über ihr Gesicht, als Anna-Karina von dem wertvollen Bildgeschenk berichtete.

„Und jetzt ist er wie vom Erdboden verschluckt", bedauerte sie zum Abschluss ihres langen Vortrags.

„Dann sind Sie also die Frau, die Winand als ‚Prinzessin' bezeichnet."

„Ja", bestätigte Anna-Karina verblüfft. War sie etwa Familienthema bei den Wielandts?

„Natürlich nicht", beschwichtigte Yvonne sie, „ich habe selbstverständlich bemerkt, wie sehr sich Winand in der letzten Zeit verändert hat und ihm von meiner Beobachtung erzählt. Da hat er mir in seiner offenen und ehrlichen Weise von Ihnen erzählt. Sie müssen Anna-Karina sein, stimmt's?"

Anna-Karina nickte stumm und erstaunt. Musste sie verstehen, was da gerade passierte? Sie schenkte sich eine Antwort.

„Du weißt gar nicht, wie sehr du ihm geholfen hast", fuhr Yvonne fort. Wie selbstverständlich war sie auf das vertrauliche Duzen umgeschwenkt. „Du hast damit nicht nur ihm, sondern hast uns allen einen riesengroßen

Dienst erwiesen. Dafür müssen wir die unendlich dankbar sein"

„Wieso?", fragte Anna-Karina verdattert. Den Kaffee und den Kuchen hatte sie längst vergessen. „Was habe ich denn getan?"

„Wir haben uns große Sorgen um Winand gemacht. Er hat sich immer mehr zurückgezogen, sich fast mit Sport zu Tode trainiert und zugleich immer weniger auf sich und seine Kleidung geachtet. Nachdem er dich kennengelernt hat, ist er wieder aufgeblüht und war ganz der Alte. Na, ja", sie korrigierte sich vergnügt, „fast ganz der Alte. Ich will nicht sagen, dass du ihm den Kopf verdreht hast. Aber er hat durch dich endlich wieder erfahren, dass das Leben schöne Seiten hat und nicht nur Töne in Moll, sondern auch in Dur bereithält."

„Warum?" Anna-Karina wähnte sich im falschen Film. Sie sollte Winand geholfen haben? Es war doch umgekehrt gewesen. Er hatte ihr geholfen.

„Das Eine schließt das Andere nicht aus", sagte Yvonne sinnierend. „Und das ist doch schön." Unvermittelt wechselte sie das Thema, bevor Anna-Karina noch einmal ihre Frage stellen konnte. „Weißt du, was aus diesem Rüdiger geworden ist?"

„Muss mich das interessieren?", fragte Anna-Karina zurück. „An den verschwende ich keinen Gedanken." Aber es interessierte sie schon, woher Yvonne diesen Kerl kannte. „Wie kommst du auf den?"

„Mein Göttergatte ist mit einem ehemaligen Studienkollegen befreundet, der als ehemaliger Kollege in der ehemaligen Firma deines ehemaligen Fastverlobten arbeitet", berichtete Yvonne. „Die Welt ist halt doch ein Dorf."

„Hm." Anna-Karina dachte kurz nach. Sie sah keinen Grund mehr, Yvonne zu siezen. „Du beziehst das ‚ehemalige' in erster Linie auf die Firma. Oder irre ich mich etwa?"

Die Frau ließ wieder ihr helles Lachen erklingen. „Gut aufgepasst", lobte sie. „In der Tat ist die Firma die ehemalige Firma von Rüdiger. Man hat ihm fristlos gekündigt, nachdem herausgekommen ist, dass er seine Spesenabrechnungen gefälscht hat, seine Abrechnungsbögen viel zu hohen Stundenzahlen aufwiesen und er Geld in beträchtlicher Höhe unterschlagen hat. Nach dem Rausschmiss ist er untergetaucht und wurde nie mehr gesehen." Sie schüttelte bedauernd den Kopf. „Der Mann ist eigentlich schwer krank und gehört auf eine Couch."

Yvonne sprang nach einem Blick auf ihre Armbanduhr hastig auf. „Es tut mir leid, Anna-Karina. Ich muss zurück."

„Zu Winand? Bestelle ihm bitte einen herzlich Gruß von mir"

„Nicht zu Winand, aber zu Winands Haus. Du kannst mich gerne dort besuchen kommen. Ich glaube, wir haben uns viel zu erzählen. Über deinen Besuch würde ich mich sehr freuen."

„Lieber nicht." Anna-Karina wollte nicht unbedingt mit Winand zusammentreffen. Da war das nächste Gefühls-chaos programmiert. Sie stand auf, um sich von Yvonne zu verabschieden.

„Keine Sorge." Yvonne lachte wieder. „Du wirst keinen roten Kopf bekommen und auch keinen Schweißaus-bruch. Winand ist nicht daheim. Du bist also vor ihm si-cher, wenn ich es so sagen darf. Er macht Urlaub, und ich mache den Haushalt und regele den Alltag. Winand kommt in knapp zwei Wochen wieder nach Hause. Dann ist nämlich erst der Termin für seinen Rückflug."

Ehe sich Anna-Karina versah, hatte Yvonne sie umarmt und an sich gedrückt.

„Es ist schön, dich endlich kennengelernt zu haben. Anna-Karina. Du bist genauso, wie Winand dich be-schrieben hat. Ich finde, du bist eine tolle Frau."

Winkend wollte Yvonne sich entfernen, dann hielt sie inne. „Die Einladung steht. Ich freue mich, wenn du kommst. Wir warten auf dich." Sie kramte in ihrer Jacke. „Am besten rufst du mich übers Handy an." Endlich wurde sie fündig. „Egal", sagte sie mehr zu sich, als zu Anna-Karina, als sie ihr die Visitenkarte reichte. „Ich habe nur noch eine berufliche dabei, aber die Nummer ist dieselbe." Sie winkte Anna-Karina noch einmal zu und entfernte sich dann schnell.

Anna-Karina konnte sich einen neugierigen Blick auf das weiße Kärtchen nicht verkneifen. Die sympathische, un-gezwungene Frau hieß Dr. Yvonne Wielandt-Hergarten und betrieb als Diplompsychologin mit einer Kollegin eine Gemeinschaftspraxis in der Hauptstadt, verbunden mit dem Hinweis: zurzeit Madrid.

# 29.

Statt Antworten zu finden, hatte sie noch mehr Fragen angesammelt. Anna-Karina fiel es schwer, sich auf ihre Arbeit zu konzentrieren. Beim Fotografieren fand sie nicht mehr die richtigen Blickwinkel, bei ihren kurzen Erläuterungstexten unterliefen ihr Flüchtigkeitsfehler. Der immer präsente und doch so ferne Winand störte sie in ihrer Konzentration.

Warum hatte sie ihm geholfen? Was war mit ihm? Warum hatte er den Lebensmut verloren und durch sie wiedergefunden?

„Wenn du keine Antworten weißt, meine Liebe, woher soll ich sie wissen?", hatte Christina beim Treffen im Café zurückgefragt. „Aber wo du schon einmal dabei bist, Fragen zu sammeln. Ich habe noch ein paar für deinen Stapel."

„Her damit!", forderte Anna-Karina scherzhaft. „Was hast du Schönes für mich?"

„Nicht direkt Fragen, aber einen Brief, der garantiert neue Fragen aufwirft." Christina kramte in ihrer Handtasche, die sie auf dem Stuhl neben sich abgestellt hatte. „Ich habe eine Kopie gemacht. Wenn mein Medizinmann das spitz kriegt, kriege ich wahrscheinlich die Papiere. Da muss ich mich sehr anstrengen, ihn wieder zu versöhnen."

„So schlimm?"

„Keine Sorge." Christina lachte. „Konrad ist wie Winand. Das sind Menschenfreunde." Ihre Miene verdunkelte sich. „Bei den Beiden könnte es mit der Freundschaft bald vorbeisein. Aber vielleicht liegt es ja an uns, ihnen zu helfen, damit es nicht zu einem Zerwürfnis kommt. Da ist verdammt dicke Luft zwischen den beiden."

„Du machst mich neugierig. Was ist denn los?"

Endlich war Christina in der bunten Vielfalt ihrer Tasche fündig geworden.

„Lies!", forderte sie Anna-Karina auf und reichte ihr ein Blatt Papier.

Schon der Briefkopf ließ Anna-Karina stutzig werden und beschleunigte ihren Atem. Der Brief an „Herrn Professor Dr. Konrad Mayrersik" war versandt worden von „Dr. Dr. Winand Wielandt, Privatdozent an der Wirtschaftsuniversität Winterthur".

Aufgeregt widmete sich Anna-Karina dem maschinengeschriebenen Inhalt.

„Hiermit teile ich Ihnen das sofortige Ende unserer Zusammenarbeit in allen Angelegenheiten mit", las Anna-

Karina. „Selbstverständlich werde ich Ihnen alle Ihre Unterlagen, die sich in meinem Besitz befinden, zukommen lassen, sobald Sie mir Zeitpunkt und Ort der Übergabe mitgeteilt haben. Ebenfalls werden Sie alle schriftlichen Vorgänge in Kopie erhalten, die ich in Ihrem Namen getätigt habe. Wegen Ihrer finanziellen und steuerlichen Angelegenheiten empfehle ich Ihnen dringend zur Vermeidung von Nachteilen, ein darauf spezialisiertes Büro zu beauftragen.

Des Weiteren stelle ich hiermit meine Arbeit an unserem gemeinsam geplanten Buchprojekt zur Behandlung von Wachkoma-Patienten mit sofortiger Wirkung ein. In diesem Zusammenhang untersage ich es Ihnen, meine wissenschaftlichen Ausarbeitungen vollständig oder in Auszügen zu verwenden. Ein Zuwiderhandeln Ihrerseits hätte juristische Konsequenzen. Sollten Sie sich außerstande sehen, weiter als mein Doktorvater zu fungieren, lassen Sie es mich wissen. Zugleich fordere ich Sie auf, meine Promotionsarbeit einem Kollegen vorzulegen. Sie hatten mehrere Monate Zeit, meine Promotionsurkunde trotz aller von mir erfüllten Voraussetzungen zu unterzeichnen. Das haben Sie aus Gründen unterlassen, über die ich an dieser Stelle nur Vermutungen anstellen könnte. Ich vermute, Ihre Weigerung beruht auf einem Dissens zwischen Ihnen und mir bei der Therapie einer Patientin. Dieser Dissens scheint nicht überbrückbar. Deshalb ist es meines Erachtens unumgänglich, dass wir auch auf medizinischer Ebene andere, sprich getrennte Wege gehen.

Außerdem ist es unerträglich, erkennen zu müssen, wie sehr Sie sich in meine höchst privaten Angelegenheiten einmischen und hinter meinem Rücken Nachforschungen anstellen, deren Sinn sich mir nicht erschließt. Die Privatsphäre anderer ist ein hohes Gut, das ich, anders als Sie, achte und respektiere. Ohne genauer ins Detail zu gehen, durch dessen Nennung ich den Fokus auf Dritte und Betroffene legen würde, möchte ich Ihnen sagen, dass ich Ihr Verhalten missbillige.

Zugleich erwarte ich von Ihnen, auf eine Kontaktaufnahme, mit Ausnahme der Terminierung der Unterlagenübergabe, zu verzichten. Ein von mir hiermit untersagtes Betreten meines Hauses Ihrerseits während meiner Abwesenheit betrachte ich als Hausfriedensbruch, den ich konsequenterweise zur Strafanzeige bringen würde."

Der Brief endete ohne eine Höflichkeitsfloskel und ohne eine handschriftliche Signatur. Stattdessen gab es ein Post Skriptum: „Das noch ausstehende Honorar von 13.750 Euro für meine Leistungen, das ich Ihnen gestundet hatte, überweisen Sie bitte unverzüglich auf das Ihnen bekannte Konto. Dr. mult. W"

„Puh!" Anna-Karina pustete durch. Der Inhalt des Briefes hatte ihren Pulsschlag hochschnellen lassen. Sie hatte langsam und konzentriert lesen müssen, um ihn zu verstehen.

Das war starker Tobak!

„Noch irgendwelchen Fragen?", witzelte Christina schwach, während sie die Kopie wieder an sich nahm und in der Tasche verstaute.

„Über so eine Bemerkung kann ich nicht einmal mehr lachen", erwiderte Anna-Karina. „Und weißt du, was ich am schlimmsten finde? Dass Winand nichts mehr mit deinem Medizinmann zu tun haben will." Da müsse es wohl richtig zwischen den beiden Männern gekracht haben, wenn der herzensgute Winand seinen Freund von Kindheitstagen an so abkanzelte und nichts mehr von ihm wissen wollte. „Das ist bitter, verdammt bitter, würde ich sagen."

„Bitter ist noch gelinde ausgedrückt", bestätigte Christina. „Der Brief macht Konrad richtig zu schaffen. Der altert zusehends."

„Du hast mit ihm darüber gesprochen?", fragte Anna-Karina verblüfft.

„Nein, das nicht. Aber ich sehe ihn ja jeden Tag, und seit dem Tag, an dem er den Brief erhalten hat, ist er nur noch deprimiert, fahrig, lustlos, schlapp. Er ist ein richtiger alter Mann geworden."

„Dann weißt du ja, was auf dich als Altenpflegerin zukommt", sagte Anna-Karina vorlaut. Sie musste ihren Frust und ihre Anspannung irgendwie loswerden.

Christina war das Opfer, das diese Rolle aber nicht annahm.

„Du weißt, was auf dich und mich zukommt, meine Liebe", betonte die Redakteurin mit funkelndem Blick. „Wir müssen dafür sorgen, dass die beiden Freunde sich versöhnen. Ich will einen lebensfrohen, agilen Mann an meiner Seite. Dafür brauche ich dich, meine Liebe, als meine Freundin."

„Inwiefern?" Anna-Karina schwante, was Christina von ihr wollte.

„Du musst mit Winand sprechen. Eine andere Möglichkeit sehe ich nicht. Das alles kann doch nicht das Ende sein." Die Journalistin verzog ihren Mund zu einem gequälten Lächeln.

„Ausgerechnet am Morgen, kurz bevor Konrad den Brief von Winand bekommen hat, hatte er die Promotionsurkunde für Winand unterzeichnet. Damit ist der Mann jetzt sogar Dr. Dr. Dr. Winand Wielandt."

„Wieso hat er drei Doktortitel? Wieso hat er Medizin studiert? Wofür hat er den zweiten Titel gekommen?", fragte Anna-Karina erstaunt.

Christina sah sie streng an. „Das sind schon drei Fragen, auf die wir keine Antworten haben. Und es kommen noch einige hinzu." Eines habe sie inzwischen klären können: „Winand hat, ohne dass ich es wusste, auch meine Steuererklärungen gemacht. Quasi aus Gefälligkeit gegenüber Konrad." Sie stöhnte theatralisch. „Ein Grund mehr, für Frieden zu sorgen. Wer soll mir denn sonst die Steuern vom Finanzamt zurückholen, wenn nicht Winand?"

„Andere Sorgen hast du nicht?" Anna-Karina brauchte lange, bis sie Christinas Stöhnen als Scherz verstanden hatte.

Sie hatte viele Fragen:  Was hatte es mit Winands Doktor-Titeln auf sich? Wieso war er Privatdozent an einer Universität in der Schweiz, er hatte doch eine Professur in St. Gallen abgelehnt? Welche Bedeutung hatte die wissenschaftliche Arbeit von Konrad und Winand? Warum waren die beiden Männer sich wegen einer Therapie uneins?

„Was macht und wer ist Winand eigentlich?", fragte sie verblüfft Christina. „Ich dachte, ich weiß einiges über den, aber in Wirklichkeit weiß ich fast gar nichts über diesen Mann."

„Eigentlich braucht dich das doch überhaupt nicht zu interessieren, meine Liebe. Der Kerl ist dir doch völlig einerlei. Oder?"

Wieder brauchte Anna-Karina lange, bis sie merkte, dass ihre Freundin sie aufzog und die Frage nicht ernst meinte.

Selbstverständlich war ihr der Kerl nicht einerlei. Aber wie konnte sie sich endgültig von ihm trennen, wenn sie nicht wirklich wusste, was für ein Mensch der Privatdozent Dr. Dr. Dr. Winand Wielandt war?

Sie musste über sich selbst schmunzeln, weil sie zu ihrem dicken Bündel von Fragen noch eine weitere hinzugefügt hatte.

# 30.

„Was machen wir jetzt? Hast du einen Plan?", hatte Christina gefragt, bevor sie sich voneinander mit einer innigen Umarmung verabschiedeten.

Anna-Karina war eine Antwort schuldig geblieben. Sie wollte erst zur Ruhe kommen und über Nacht über die Fragen grübeln. Schlafen würde sie eh nicht können. Winand war überall und fast schon körperlich zu spüren. Gerne hätte sie ihn auch tatsächlich körperlich gespürt. Doch das würde ein Traum sein.

Sie hatte sich zu einem Entschluss durchgerungen, als sie sich gähnend auf die Seite drehte.

Was sie nicht mehr für möglich gehalten hatte, trat in dieser Nacht tatsächlich ein: Sie schlief fest und ruhig durch und wachte ausgeruht am nächsten Morgen auf. Was für ein verheißungsvoller Auftakt!, frohlockte sie.

Hoffentlich würde der Tag so weitergehen. Sie korrigierte sich zuversichtlich: Bestimmt würde der Tag so weitergehen.

„Gerne", hatte Yvonne spontan gesagt, als Anna-Karina in ihrem Anruf anfragte, ob sie am Nachmittag vorbeikommen könne. „Wir freuen uns."

Worauf sich das „Wir" bezog, war Anna-Karina schnell bewusst. Yvonne war nicht allein, wahrscheinlich würde sie bei ihrem Besuch auch Marie begegnen. Umso besser, sagte Anna-Karina sich. Es wird Zeit, Klarheit zu schaffen.

Erst wenn sie Klarheit hatte, würde es ihr gelingen, sich von Winand zu befreien. Vielleicht würden sie dann ja doch noch gute oder sogar beste Freunde werden können.

Sie hatte Herzklopfen, als sie sich über der breiten Einfahrt dem Hauseingang des weißen Bungalows näherte. Kaum hatte sie die Klingel neben den gläsernen Türflügeln betätigt, öffnet ihr Yvonne schon.

Wie eine langjährige Freundin begrüßte Winands Schwiegertochter sie herzlich mit einer Umarmung und einem Lächeln.

„Schön, dass du da bist", sagte sie, während die Anna-Karina eintreten ließ.

Das Haus war so, wie Anna-Karina es sich vorgestellt hatte. Ordentlich und strukturiert, wie es Winands Wesen entsprach, waren die wenigen Türen angeordnet, die von dem hell gestrichenen Flur abgingen.

„Hinter jeder einzelnen Tür gibt es besondere Trakte", erläuterte Yvonne. Auch das entsprach Winand, hinter dessen ordentlicher Fassade vor Fremden ferngehaltene Eigenschaften lagen. Der Flur verriet ebenso wenig von dem Haus, wie Winands Fassade von seinem Inneren freigab.

Yvonne führte Anna-Karina in eine große, helle Küche, die nur von einem Tresen getrennt nahtlos in ein Esszimmer überging, das von einem gewaltigen Esstisch für zehn Personen beherrscht wurde. Die Rückfront bestand aus einem raumhohen Glas, durch das der Blick auf eine parkähnliche Landschaft frei wurde.

„Maria schläft noch ihren täglichen Mittagsschlaf", meinte Yvonne. „Du musst mit mir vorlieb nehmen und einer Tasse Tee, falls du magst."

Anna-Karina nickte. Die Größe des Raumes und der Ausblick ins Grüne überwältigten sie.

„Man sieht von der Straße gar nicht, wie groß das Haus ist und wie toll das Grundstück ", sagte sie staunend. „Da sieht es viel kleiner."

„Mehr Sein als Schein", entgegnete Yvonne lakonisch. „Das ist typisch Winand, er hat das Haus übrigens konzipiert."

„Ist er etwa auch Architekt?" Anna-Karina hatte sich zu Yvonne auf die Eckbank in der Küche gesetzt. Sie würde ihm alles zutrauen.

„Natürlich nicht. Aber er hat großes künstlerisches Geschick und ein Auge für Proportionen, würde ich mal sagen."

„Ja, ja, er hat viele geheimnisvolle Eigenschaften." Anna-Karina runzelte nachdenklich die Stirn. „Unter anderem ist er ja Privatdozent in der Schweiz. Wie kommt das denn?"

Yvonne lachte sie an. „Das ist doch nur ein kleiner Nebenjob. Er gibt dreimal im Jahr ein einwöchiges Blockseminar im internationalen Unternehmenssteuerecht. Mehr ist das nicht. Und da er ohnehin in der Schweiz einige Mandanten hat, verbindet Winand das Angenehme des Unterrichtens mit dem Nützlichen des Geldverdienens."

„Der muss ja reich ohne Ende sein", entfuhr es Anna-Karina.

215

Yvonne schüttelte verneinend den Kopf. „Ist er nicht. So blöd, wie es sich vielleicht anhören mag, Geld ist für ihn Mittel zu Zweck. Das Verdienen spielt für ihn keine Rolle. Er behält nichts für sich, er gibt fast alles seiner Frau Maria."

„Wieso studiert er denn Medizin?"

„Studierte, musst du sagen. Er hat sein Medizinstudium im letzten Jahr beendet. Seitdem studiert er Jura." Yvonne lächelte. „Der Mann ist einfach nicht ausgelastet. Wenn der geistig nicht gefordert wird, geht der ein wie eine Primel."

„Und was hat das mit einer wissenschaftlichen Arbeit zu tun, die er mit Professor Mayrersik verfassen sollte?" Selbst wenn ihr Yvonne auch auf diese Frage eine Antwort geben würde, blieb Winand ein Buch mit sieben Siegeln.

Die Frau ging auf die Frage nicht ein. Nach einem kurzen Blick auf die Küchenuhr erhob sie sich.

„Jetzt können wir zu Maria. Sie hat ihre Mittagsruhe beendet. Anna-Karina, komm!"

Neugierig folgte sie Winands Schwiegertochter, die eine der anderen Türen im Flur öffnete. Anna-Karina staunte mit offenem Mund, als sie ein Zimmer betrat, das, abgesehen von der Glasfront zum Garten, wie ein Krankenzimmer der Intensivstation ausgestattet war. Inmitten des Raums stand ein Krankenbett, um dem herum zahlreiche Instrumente und Geräte aufgestellt waren.

„Maria, ich habe uns einen Gast mitgebracht. Heute besucht uns Anna-Karina. Winand hat dir bestimmt von ihr erzählt", sagte Yvonne. Sie lächelte die erschrockene Anna-Karina an.

„Das ist Maria, die Frau von Winand, meine Schwiegermutter." Sie zeigte auf die Frau, die mit geöffnetem Mund und offenen Augen, die ausdruckslos gen Zimmerdecke starrten, in dem Krankenbett lag. Sie war mit mehreren Messapparaturen und Infusionsflaschen verbunden. Die Frau wirkte klein und zerbrechlich, hatte aber glatte Gesichtszüge und war gut frisiert. Ihre beiden dünnen Arme lagen auf der Decke.

„Maria liegt seit rund zehn Jahren im Wachkoma", sagte Yvonne ruhig. „Seitdem kümmert sich Winand um sie. Er hat hier eine komplette Krankenstation nur für sie gebaut und er sorgt dafür, dass Maria rund um die Uhr versorgt wird. Hier steckt das meiste von dem Geld drin, das Winand verdient hat." Maria hätte einen Verkehrsunfall erlitten, bei dem sie schwer verletzt wurde und in Folge dessen sie in ein Wachkoma gefallen war. „Ich hoffe, du verzeihst mir meine kleine Notlüge mit dem angeblichen Mittagsschlaf. Ich wollte erst mit dir reden, bevor ich dir Maria vorstelle." Yvonne betrachtete innig ihre Schwiegermutter.

„Winand tut alles für sie, um ihr ein Zuhause im Kreise ihre Familie zu geben. Wenn er nicht da ist, komme ich oder einer seiner Söhne. Einer von uns ist immer in ihrer Nähe. Winand wird Maria hier pflegen, bis sie tatsächlich einmal sterben wird."

Deshalb wollte er sich nicht trennen und scheiden lassen!" Wie Schuppen fiel es Anna-Karina von den Augen. Sie schämte sich, ohne zu wissen, wofür überhaupt. Sie

schämte sich vielleicht, weil sie Winand falsch einge-
schätzt hatte. Aber sie fühlte sich nicht in der Lage, jetzt
darüber nachzudenken. Zu viele Eindrücke und Gefühle
stürzten auf sie ein. Sie fühlte sich beklommen und fehl
am Platze. Am liebsten wäre sie gegangen.

„Maria ist übrigens der Grund, weshalb Winand Medizin
studiert hat. Er hatte gehofft, etwas für sie tun zu können."

„Deshalb also die wissenschaftliche Arbeit", entfuhr es
Anna-Karina.

„Richtig", bestätigte Yvonne, „und deshalb auch der
Streit mit seinem Freund Konrad. Konrad sieht keine
Chance mehr für Maria, dass sie jemals wieder auch nur
halbwegs gesund werden könnte. Für den Medizinpro-
fessor ist sie austherapiert, während Winand nach immer neuen Therapieformen sucht. Konrad will Maria ein
weiteres Siechtum ersparen und empfiehlt, die lebens-
erhaltenden Instrumente abzuschalten. Winand ist
strikt dagegen. Im Prinzip ist das der Kampf der Rationa-
lität gegen die Emotionalität, der ewige Kampf des Ver-
stands gegen das Gefühl." Yvonne sprach sachlich, als
bekümmere es sie nicht, dass Maria neben ihr stumm
zur Zimmerdecke stierte.

„Wenn Maria mitbekommt, wovon wir sprechen, dann
weiß sie, dass Winand sie niemals im Stich lassen wird.
Und wenn sie es nicht mitbekommt, verschlechtert das
ihre Situation auch nicht", meinte Yvonne.

Sie hatte sich Maria genähert und streichelte ihr liebevoll über die Wange.

„Maria, das ist Anna-Karina", sagte sie. „Anna-Karina ist die Prinzessin."

„Sie kennt mich?", fragte Anna-Karina verblüfft.

„Das kann ich dir nicht sagen", antwortete Yvonne. „Ich weiß nur, dass Winand oft von dir erzählt hat, wenn er neben Maria sitzt. Winand hat keine Geheimnisse vor seiner Frau. Er ist sogar davon überzeugt, dass sie alles hört und versteht. Sie kann nur nicht so reagieren, wie wir es gewohnt sind."

Anna-Karina wagte einen weiteren scheuen Blick auf die puppenhafte Frau. Sie musste eine Schönheit gewesen sein.

„In gewisser Weise ähnelst du ihr", meinte Yvonne zu ihrer Bemerkung. Vielleicht sei das ja ein Grund, weshalb Winand sich in sie verguckt hat. „Du bist seine Prinzessin."

„Und Maria seine Königin", platzte es aus Anna-Karina heraus.

„So wird es sein. Daran können wir beide nichts ändern. Ich glaube, wir beide wollen auch nichts daran ändern. Oder irre ich mich?" Yvonne schaute Anna-Karina fragend an.

Nachdenklich stimmte Anna-Karina zu. Ihr tat es leid, wenn sie den Eindruck erweckt haben sollte, sie missgönne Maria die Liebe von Konrad. Maria tat ihr leid. Konrads Liebe war das einzige, was ihr geblieben war.

„Wie kann ich Maria helfen?", fragte sie flüsternd.

„Du kannst ruhig normal reden." Yvonne griff nach Anna-Karinas Hand. „Wenn du es gut mit ihr meinst, berühre sie, streichele sie und nimm ihre Hand in deine. Es gibt keine größere Hilfe als menschliche Nähe und Wärme."

Anna-Karina zauderte. Sie ließ Yvonne gewähren, die ihre Hand immer näher an Marias Gesicht führte. Die Haut auf den Wangen war zart und weich. Langsam strich Anna-Karina mit dem Zeigefinger darüber. Ein Glücksgefühl überkam sie, zugleich war sie den Tränen nahe.

„Würdest du dich mit mir ans Bett setzten?", fragte Yvonne mit großer Behutsamkeit. „Wir können uns ruhig unterhalten."

Anna-Karina nickte und nahm dankend auf dem Stuhl Platz. Ohne Zögern griff sie nach der zerbrechlich wirkenden Hand von Maria und hielt sie in ihrer fest.

„Hallo, Maria", sagte sie, „ich bin froh, dich endlich kennenzulernen. Winand hat so viel von dir erzählt. Von dir, seiner Königin." Sie schluckte.

Ob die dem Tod unausweichlich geweihte Frau sie überhaupt hörte und verstand?

„Das ist egal", antwortete Yvonne auf die geflüsterte Frage. „Ich freue mich jedenfalls über deinen Mut und deine Entschlossenheit. Die hat nicht jeder. Die meisten Bekannten und auch Verwandten machten einen großen Bogen um dieses Zimmer, wenn sie Winand besuchen wollten. Er hat die angeblichen Freunde und guten Bekannten deshalb nicht mehr sehen wollen."

„Und sich zurückgezogen."

„Deswegen nicht", informierte sie Yvonne. „Mein Schwiegervater hatte eine Sinnkrise, als er während und zum Ende seines Medizinstudiums mehr und mehr erkennen musste, dass Maria tatsächlich ein hoffnungsloser Fall sein könnte."

Sie sah Anna-Karina wohlwollend an und lächelte.

„Dann kamst du und hast ihn aufgeweckt und aus seiner Muschel gelockt. Du hast Winand, auch wenn es sich merkwürdig anhört, neu motiviert, sich dem Leben zu stellen und den Aufgaben, an denen er fast verzweifelt wäre."

„Die wichtigste Aufgabe ist für ihn dabei Maria, nicht wahr?"

Yvonne stimmte Anna-Karina zu. „Er kämpft mit allen, was er hat, für sie."

‚Um mich hat er nicht gekämpft', sagte Anna-Karina zu sich, um sich sofort für ihren Gedanken zu schämen. So stimmte das nicht. Winand hatte ihr alle Entscheidungsfreiheit gegeben und sogar das Recht, sich falsch zu entscheiden.

Nur langsam löste sich ihr Blick von Maria. Endlich kam sie dazu, den Raum zu betrachten. Der Blick hinaus ins Freie und in das Grün war überwältigend. Ihr Atem stockte allerdings, als sie die gegenüberliegende Wand betrachte.

Dort hing ein Augen-Bild von Alvera Rallunira. Es musste das zweite sein. Wie es aufgehängt war, entsprach es nicht der symmetrischen Ordnung, die Winand schätzte. Erst durch ein weiteres Bild wäre eine Symmetrie gegeben.

„Hier hing das Gemälde, das er mit geschenkt hat", entfuhr es Anna-Karina.

221

„So ist es", bestätigte Yvonne. „Für Winand bedeuten die beiden Augen-Bilder viel. Die Augen werfen den Blick auf die Menschen, die von ihnen beschützt werden sollen. Sie erkennen alles, was geschieht. Sie sind ewige Zeugen des Vergänglichen." Es sei eine unendliche Geste der Anerkennung gewesen, wenn Winand ihr eines der beiden Bilder geschenkt hat. „Dieses Privileg können nur zwei Menschen für sich in Anspruch nehmen. Maria und du."

„Es sind Winands Augen, die Alvera gemalt hat." Anna-Karinas Feststellung war als Frage gemeint und auch so von Yvonne verstanden worden.

„Ja. Winand hat Alvera kurz vor Abschluss seines Studiums der Kunst und der Kunstgeschichte kennengelernt. Er hat es begonnen als Ausgleich zur Pflegetätigkeit für Maria. Alvera hat während des Studiums auch zeitweise hier im Haus gewohnt. Sie war für meinen Mann und seinen Bruder fast so etwas wie eine Schwester. Winand hat ihr durch die theoretischen Teile des Studiums geholfen. Ich glaube, er hat auch ein paar ihrer Prüfungen für sie abgelegt, während er an seiner Doktorarbeit schrieb. Die beiden Augenbilder sind Alveras Abschlussarbeiten, für die sie das Diplom und die höchste künstlerische Auszeichnung erhalten hat, die die Kunsthochschule vergeben konnte. Als sie dann auch noch wegen ihrer großen künstlerischen Begabung ein Stipendiat für einen Auslandsaufenthalt bekam, hat sie Winand die Bilder geschenkt." Yvonne wiegelte ab. „Wir glauben, sie hat eines Maria und das andere Winand geschenkt." Sie winkte ab. „Geschenkt, im wahrsten Sinne des Wortes."

Anna-Karina war sprachlos. Sie griff zu Marias Hand und wollte sie am liebsten nicht mehr loslassen.

„Maria, ich komme wieder", versprach sie, als sie nach Stunden von Yvonne angestoßen wurde. Sie wusste nicht, wo die Zeit geblieben war. Ob sie mit Marie gesprochen hatte oder nicht, hätte sie nicht sagen können. „Ich bin glücklich", meinte sie zu Yvonne, als sie sich im Türrahmen umarmten und drückten. „Es war gut, zu kommen."
„Auch ohne Winand?"
„Ich bin froh, dass Winand nicht da ist. Sonst hätte ich mich nicht getraut." Anna-Karina lachte unbekümmert. „Soll er doch ruhig noch ein paar Wochen in Urlaub bleiben."

# 31.

Die Nächte waren vorbei, in denen sie sich schlaflos im Bett umherwälzte. Immer noch blickte sie in Winands Gesicht, wenn sie die Augen schloss. Aber jetzt war es ein gütiger, feinfühliger Blick, der sie beruhigte und ihr eine angenehme Nachtruhe wünschte.

Anna-Karina fühlte sich gut, so gut, wie lange nicht mehr. Gedanken an Rüdiger verschwendete sie längst nicht mehr. Der Kerl war es nicht wert, ihn überhaupt im Gedächtnis zu halten. Selbst bei den Kindern glaubte sie eine Erleichterung zu spüren, als sie ihnen mitteilte, dass sie sich von ihm getrennt hatte. In Gesprächen mit Christina war die Jugendliebe überhaupt kein Gesprächsstoff. Sie unterhielten sie lieber über Winand und über seinen Einsatz für Maria.

„Er opfert sich auf", zitierte Christina ihren Freund, der darunter litt, dass Winand die Freundschaft aufgekündigt hat. „Insgeheim bewundert Konrad ihn", meinte Christina bei ihrem zweiköpfigen Frauenstammtisch. „Zugleich nennt er ihn einen unverbesserlichen Sturkopf, der durch und durch ein Vernunftmensch ist, aber bei Maria alle Vernunft beiseiteschiebt."

„Soll Winand sie etwa sterben lassen?", fragte Anna-Karina entsetzt. „Sie ist doch seine Frau!" In ihren Augen tat Winand das Richtige. „Maria ist es wert, dass Winand für sie da ist."

Die immense Verblüffung stand Christina ins Gesicht geschrieben. „So denkst du, obwohl du genau weißt, dass du damit für Winand immer an zweiter Stelle stehen wirst?"

„Ja", bekannte Anna-Karina offen. „Maria ist seine Königin, ich bin nur die Prinzessin."

„Die niemals die Rolle der Königin einnehmen wird, solange die Königin lebt."

„Muss ich das?", fragte Anna-Karina. „Will ich das? Reicht es nicht, dass ich weiß, was ich für Winand fühle, und ich zugleich weiß, dass ich nicht mehr als eine gute Freundin sein kann?" Sie betrachtete ihre nachdenkliche Freundin.

„Maria hat ein Recht auf ihr Leben in ihrer Welt. Und es ist vollkommen richtig, dass Winand ihr seine ganze Liebe schenkt."

„Du weißt, was das für dich bedeutet?" Christina betrachtete ihre Freundin intensiv. „Liebst du ihn etwa nicht?"

„Das ist nicht die Frage", entgegnete Anna-Karina. „Ich weiß nicht, ob ich Winand liebe oder jemals lieben werde. Ich habe große Gefühle zu ihm und Vertrauen, aber ob das Liebe ist oder daraus Liebe erwachsen kann, weiß ich nicht." Sie lächelte versonnen.

„Wir werden sehen, was wird. Außerdem weiß ich nicht, was Winand fühlt. Er liebt Maria. Das muss Liebe sein. Selbstlose Liebe, für die er lebt."

Christina machte durch ihre missmutige Gestik deutlich, dass sie diese Auffassung nicht teilte. „Das kann ja sein, dass Winand aus lobenswerten Pflichtgefühl und selbstloser Liebe Maria treu bleibt. Aber hat er nicht auch ein Recht auf ein eigenes Leben, in dem seine Liebe erwidert wird? Wer sagt denn, dass man nicht trotzdem mit einem anderen Menschen glücklich werden kann. Wer sagt, denn, dass er nicht neben Maria auch eine andere Frau lieben könnte?"

„Winand ist nicht der Typ dafür", entgegnete Anna-Karina, die bei der Frage in ihrem Herzen einen schmerzhaften Stich verspürt hatte. „Der hat seine feste Struktur und seine Prinzipien."

„Und er ist stur, meine Liebe. Genauso ein Sturkopf wie mein Medizinmann." Christina lächelte. „Die beiden kannst du in einen Sack stecken und draufhauen. Du triffst immer den Richtigen. Die sind unbelehrbar und lernunfähig."

„Die sind alt. Die lernen nicht mehr."

„Die sind so alt, dass sie einen Doktortitel nach dem anderen raushauen und eine Forschungsarbeit nach der anderen veröffentlichen", widersprach Christina. „Die benehmen sich wie zwei junge Hüpfer im allerbesten Alter."

Anna-Karina grinste. „Also wie wir." Sie verabschiedete sich. „Die Arbeit ruft. Wie du dich trotz deiner altersbedingten Vergesslichkeit vielleicht erinnern kannst, hast du mich für heute zu einem wichtigen Fototermin verdonnert."


Nicht der Termin war der Grund für Anna-Karinas Aufbruch gewesen. Ein Satz, den Christina gesagt hatte, ging ihr nicht aus dem Kopf. Sie wollte darüber bei einem Spaziergang im Schlosspark nachdenken.

„Wer sagt, denn, dass er nicht neben Maria auch eine andere Frau lieben könnte?", hatte die Freundin sie gefragt.

‚Ich kann diese Frage nicht beantworten', sagte Anna-Karina sich. Das musste einzig und allein Winand für sich entscheiden. Die Frage brachte sie vielmehr zu einer anderen, die sie sich selbst stellte: „Wer sagt denn, dass ich nicht einen Mann lieben kann, der auch eine andere Frau liebt?"

Konnte sie nicht an seiner Seite glücklich werden mit Maria? Nicht trotz Maria!

„Ja, ich kann", rief sie laut zur Verwunderung anderer Spaziergänger. Sie konnte, sie würde, sie wollte Winand lieben. Anna-Karina spürte ihre Erleichterung. Sie würde sich zu Winand bekennen.

Jetzt lag es an ihm, ob er zu ihr stehen würde. Ob er sie lieben könnte neben seiner Liebe zu Maria.

Für Anna-Karina stand der Entschluss fest. Schnell machte sie sich auf den Weg, während sie zum Handy griff. Sie hatte keine Zeit zu verlieren.

„Ich muss unbedingt mit Maria reden", sagte sie atemlos, als ihr Yvonne die Haustür öffnete. Bevor Winands Schwiegertochter etwas sagen konnte, war Anna-Karina an ihr vorbeigehuscht und schnurstracks auf das Krankenzimmer zugesteuert.

Yvonne ließ sie schweigend gewähren. Interessiert beobachtete sie, wie Anna-Karina einen Stuhl neben das Bett stellte, sich setzte und ohne Zögern nach Marias Hand griff.

Leise schloss Yvonne die Tür zu dem Zimmer. Sie wurde nicht gebraucht. Über Maria brauchte sie sich keine Sorgen zu machen. Sie war bei Anna-Karina in bester Gesellschaft.

Anna-Karina durchströmte ein Glücksgefühl, als sie mit ihrer Hand die Finger der kranken Frau umschloss.

„Maria, ich weiß, dass du mich hörst, und ich will, dass du mir zuhörst", sagte sie in dem Wissen, dass sie keine Erwiderung erhalten würde.

Regungslos stierten Marias Augen ins Leere, bewegungslos lagen ihre Arme neben ihrem Körper.

Anna-Karina sammelte sich minutenlang.

Nur ein fast unhörbares Summen und ein gelegentliches Klacken der medizinischen Gerätschaften unterbrach die Stille.

Endlich hatte Anna-Karina ihre Gedanken sortiert. Es war viel, was sie Maria zu erzählen hatte. Vielleicht hatte sie es ja schon einmal erzählt, und sie wusste es nicht mehr. Die erste Begegnung mit Winand, die Irrungen um ihre Beziehung, die fast nur aus zufälligen oder seltenen Treffen, aber meistens aus Nachrichten bestand, ihre spontane Ablehnung, als sie glaubte, er hätte sie küssen wollen, ihre fast verhängnisvolle Fehleinschätzung von Rüdiger und das zurückhaltende Verhalten von Winand, sein Geschenk – sie wusste nicht, worüber sie noch alles redete. Sie redete ununterbrochen und fühlte sich befreit von einer Last.

„Maria, ich glaube, ich habe mich in deinen Mann verliebt. Darf ich das?" Selbstverständlich durfte sie das, sagte sie sich. Wer sollte es ihr verbieten? Die Frage war nur, ob ihre Liebe erwidert würde. „Maria, darf ich deinen Mann lieben, der dich so sehr liebt?"

Marias Augen blieben ausdruckslos und leer. Die Augen auf dem Gemälde schauten auf die beiden Frauen, die eine, die Fragen stellte, und die andere, die nicht antwortete.

Sollte Anna-Karina enttäuscht sein? Nein, sagte sich zu sich. ‚Ich habe endlich Klarheit geschaffen.' Mehr ging nicht. Sie entschloss sich, zu gehen.

„Maria, ich komme wieder", versprach sie mit leiser Stimme und einem zärtlichen Blick. „Wir können beide Winand lieben, jede auf ihre Art. Nicht wahr?"

Anna-Karina erschrak, als sie den leichten Händedruck spürte. Oder bildete sie sich für einen Augenblick nur ein, dass Maria reagiert hatte?

Nein! Sie wollte glauben, dass der leichte Druck Marias Antwort gewesen war.

Maria war einverstanden. Sie war bereit, Winand mit Anna-Karina teilen.

„Warum bist du verstört?", fragte Yvonne besorgt, als Anna-Karina sich zu ihr auf die Eckbank in der Küche setzte.

„Ich habe mit Maria geredet, und sie hat mir geantwortet", entfuhr es Anna-Karina. Die aufgeregte Frau hatte Mühe, die Kontrolle zu bewahren. Am liebsten hätte sie losgeheult vor Freude.

„Was hat sie gesagt?" Yvonne hielt sich nicht damit auf, die Behauptung der aufgewühlten Frau zu hinterfragen. Auch Winand hatte oft genug erklärt, Maria hätte mit ihm kommuniziert. Wenn er und Anna-Karina irrten, war das nicht von Belang, solange sie von dem überzeugt waren, was sie in der Beziehung zu Maria empfanden. Da gab es für sie als unbeteiligte Dritte keinen Grund, Zweifel zu äußern oder sich einzumischen. Sie wollte helfen, nicht zerstören.

„Sie hat nichts dagegen, wenn ich mich Winand nähere. Ich möchte bei ihm sein, seine Nähe spüren", antwortete Anna-Karina.

„Hm." Yvonne wirkte unwirsch. „Das reicht mir nicht. Das hat sie nicht gemeint. Sondern?"

Anna-Karina schaute sie verwundert an.

„Was hat sie dir geantwortet auf welche Frage?" Yvonnen präzisierte ihre Bemerkung.

Anna-Karina suchte nach dem Wortlaut. „Ich habe Sie gefragt", sagte sie nach kurzen Nachdenken, „wir können beide Winand lieben, jede auf ihre Art. Nicht wahr?"

„Und diese Frage hat Maria bejaht?"

„Sie hat mir deutlich die Hand gedrückt. Das ist für mich das eindeutige Zeichen, dass sie mit mir einer Meinung ist", antwortete Anna-Karina unbeirrt.

„Sie hat nichts dagegen, dass ich mich in Winand verliebe und ihn liebe." Sie warf sich Yvonne um den Hals. „Ist das nicht schön?"

Sie strahlte. „Wo ist Winand?"

„In seinem Ferienhaus auf Fuerteventura."

„Ich fliege dahin und sage ihn, dass ich mich für ihn und Maria entschieden habe."

Yvonne bemühte sich, Anna-Karina zu beschwichtigen. „Winand kommt doch in ein paar Tagen zurück. Solange wirst du doch wohl warten können."

„Aber ich muss ihm sagen, dass ich ihn liebe." Anna-Karina wollte keinen Tag zu lange warten. „Ich fliege zu ihm."

„Das halte ich nicht für eine gute Idee", sagte Yvonne bedächtig. „Es ist besser, wenn du hier bleibst." Sie schaute Anna-Karina ernst an uns sagte mit ruhiger Stimme: „Ich glaube, Winand hat sich längst entschieden."

„Wozu?"

„Das musst du ihn fragen, wenn er zurück ist."

„Ich muss zu ihm. Ich will nicht warten", widersprach Anna-Karina heftig.

„Ich sage dir noch einmal, dass ich das nicht für eine gute Idee halte."

„Warum nicht?"

Yvonnes Blick wurde klar. Ihre Worte wirkten unmissverständlich. „Weil Winand nicht alleine in seinem Ferienhaus ist."

„Mit wem ist er da?" Anna-Karinas Herz spielte verrückt.

„Er ist mit Alvera dort."

# 32.

Anna-Karina glaubte, ihr würde der Boden unter den Füßen weggerissen. Sie fiel in ein Nichts, in die Hoffnungslosigkeit. Verzweiflung überkam sie. Sie hörte nicht mehr zu, als Yvonne weiterredete. Sie rannte davon, sie wollte nur noch weg aus diesem Haus, aus ihrer Traumwelt, aus dieser Welt.

Kaum hatte sie sich offenbart, sich zu ihren Gefühlen bekannt, und sich endlich glücklich und am Ende eines Weges geführt, da kam das böse Erwachen, der Schrecken, die lähmende Ohnmacht.

Winand hatte längst mit ihr abgeschlossen und widmete sich Alvera!

„Ich bin die blödeste Ziege auf diesem Kontinent", schluchzte sie ins Telefon. Sie hatte sich in ihr Haus eingeschlossen, ins Bett verkrochen und in die Kissen geheult, bis Christina sie mit dem Telefonat in die Wirklichkeit zurückholte.

Die Freundin kam gar nicht dazu, ihr Anliegen vorzutragen, da hatte Anna-Karina auch schon losgelegt und in einer Mischung von Wut und Trauer, mit tränenunterdrückter oder von Lachen hysterischer Stimme von der schockierenden Nachricht und den Ereignissen des Nachmittags berichtet.

Christina war unversehens in die Rolle der geduldigen Zuhörerin verfallen. Sie ließ Anna-Karina reden, die über sich und über alle schimpften.

„Wie kann ich dumme Tussi nur so bescheuert sein und auf so einen alten Knacker reinfallen! Der ist es nicht wert. Der kann mir gestohlen bleiben mit seiner Pinselquälerin. Ich will ihn nie mehr sehen! Und wenn ich diese angebliche Künstlerin zu packen kriege, kratze ich ihr die Augen aus. Männer finden in meinem Leben nie mehr statt. Die können mich mal."

Erneut jaulte Anna-Karina auf wie ein angeleinter Hund, der vergeblich nach dem über ihn hängenden Fleischstück schnappte.

„Was bildet der Penner sich überhaupt ein? Tut zu Hause, als sei er der fürsorgliche, pflegende Ehemann, der für seine kranke Frau alles macht, und in Wirklichkeit fummelt der an kleinen Mädchen rum." Sie lachte verbittert. „Mir erzählt er, ich sei zu jung für ihn und dann vergnügt er sich in seinem Liebesnest mit einer Schnepfe, die seine Tochter sein könnte."

Christina musste das Handy zur Seite legte, weil Anna-Karinas Aufheulen zu laut wurde. „Ich bringe den Mistkerl um, wenn der nächste Woche zurückkommt."

„Bevor du zur Mörderin wirst, komme erst mal zur Ruhe", beschwichtigte Christina. Sie hatte Anna-Karinas Griff zum Taschentuch, um sich zu schnäuzen, genutzt, um endlich einmal zu Wort zu kommen. Anna-Karina erzählte längst nichts Neues mehr, sondern wiederholte sich nur noch mit anderen Worten.

„Und dann holst du dir einen Krankenschein."

„Wieso?", fragte Anna-Karina verdutzt. „Ich bin doch nicht krank."

„Und ob du krank bist!" Christina lachte in das mobile Telefon. „Du hast eine ganz schlimme Krankheit. Sie ist nicht heilbar, trifft immer nur bei Verliebten auf und ist allgemein bekannt als gemeine Eifersucht."

Jeden Tag schaute Anna-Karina auf den Kalender. Sie versuchte, sich bei ihrer Arbeit und gegenüber ihren Kindern nichts von ihrer Trauer, die zur Scham und danach zur Wut auf sich selbst geworden war, anmerken zu lassen. Selbst die berufliche Perspektive, die ihr Christina angeboten hatte, hatte für sie nicht die Bedeutung, die sie besaß. Ihre Freundin hatte ihr eine Festanstellung als Fotografin in der Redaktion angeboten. Sie brauchte den Vertrag, der ihr eine finanziell abgesicherte Zukunft verschaffte, nur noch zu unterschreiben. Doch hatte sie dafür einen Sinn. Ihr Denken drehte sich ausschließlich um Winand.

Heute sollte Winand zurückkommen. Sollte sie am Abend zu ihm fahren und ihn vor Yvonne und Maria zur Rede stellen? Oder sollte sie warten, ob er sich vielleicht bei ihr melden und sich erklären würde? Aber gab es überhaupt etwas zu erklären? Hatte er sich nicht längst entschieden, wie diese von sich selbst überzeugte, herablassende Superpsychologin behauptete hatte? Ohnehin: Was sollte sie in dieser Welt der geistigen Hochflieger mit Doktor-Titeln im Dutzendpack und Geld ohne Ende, die sich alles leisten und alles kaufen konnte und für die die Liebe offenbar nur ein Spiel war? Das waren gefühllose Tiefflieger, die nur an sich und ihr Vergnügen dachte.

Mit solchen Menschen wollte sie nichts mehr zu tun haben.

Nie wieder!

Der Teilnehmer, der sich am Mittag auf dem Handy ankündigte, war Christina.

‚Mit der rede ich', beschloss Anna-Karina mit einem erleichterten Blick auf das Display. Insgeheim hatte sie befürchtet, Winand oder Yvonne wollten sie sprechen. Dann hatte sie sich nicht gemeldet.

„Was ist, meine Liebe?", fragte sie.

„Nichts Besonders", entgegnete Christina gut gelaunt, was im Klartext hieß, dass es doch etwas Besonderes gab. „Ich wollte mich nur nach deinem allgemeinen Wohlbefinden, der Vertragsunterschrift und dem Zustand deiner Erkrankung erkundigen."

„Ich bin nicht krank und ich bin nicht eifersüchtig", fauchte Anna-Karina ins Telefon. Sie bereute schon, das Gespräch angenommen zu haben.

„Also doch", bemerkte Christina vergnügt. „Die Eifersucht nagt nach wie vor an dir. Das ist gut. Das ist sogar sehr gut."

„Wieso soll das sehr gut sein?" Anna-Karina verstand den Sinn nicht.

„Wenn du immer noch eifersüchtig bist, ist das wohl das beste Zeichen dafür, dass du noch nicht mit Winand fertig bist."

„Erwähne nie mehr diesen Namen in meiner Gegenwart!", schnauzte Anna-Karina. „Der Mann ist für mich ein für alle Mal gestorben."

„Ich weiß", lästerte Christina, „und wenn ich dich weiter an ihn erinnere, dann kündigst du mir mal wieder die Freundschaft. Aber es tut mir leid. Ich muss dich doch ein wenig mit Winand quälen." Sie machte eine kurze Pause. „Und wenn du jetzt auflegst, dann bist du wirklich die dümmste Kuh, die mir je in meinem Leben über den Weg gelaufen ist, und ich kündige deinen Arbeitsvertrag, bevor er überhaupt in Kraft hetreten ist."

„Ich höre", knurrte Anna-Karina wenig begeistert. „Womit willst du mich zum Lachen bringen?"

„Mit Alvera."

„Ich will den Namen nie mehr hören", jaulte Anna-Karina wieder auf. „Ich bringe die Ziege um, wenn ich sie treffe!"

„Lieber nicht. Dann kriegst du nämlich richtig Ärger mit Violetta."

„Mit wem?"

„Mit Violetta", wiederholte Christina vergnügt.

„Kenne ich nicht."

„Solltest du aber kennen lernen. Das ist nämlich die Frau, mit der Alvera schon seit einiger Zeit standesamtlich und kirchlich verheiratet ist."

„Wie?" Anna-Karina spürte den Schwindel. Sie musste sich setzen. Was war jetzt los?

Sie hatte Mühe, sich auf den Bericht von Christina zu konzentrieren. Deren Informationen verunsicherten sie noch mehr. Sie wusste gar nicht mehr, woran sie wirklich war.

„Es ist doch gut, wenn man eine stellvertretende Chefredakteurin mit besten Beziehungen zur Kunstszene zur Freundin hat", sagte Christina nicht ohne Eigenlob. „Da bringt eine ordentliche Recherche Dinge zu Tage, die eigentlich selbstverständlich sind, die aber niemand zur Kenntnis nimmt. Um es kurz zu machen: Alvera und Violetta sind seit mehr als fünf Jahren verheiratet, Winand war ihr Trauzeuge und kümmert sich seitdem um ihre Finanzangelegenheiten. Violetta ist eine gefragte Theaterregisseurin und zurzeit bei einer Aufführung in Wien engagiert. Alvera nutzt die Gelegenheit, mit Winand an dem Buch zu arbeiten, das er über sie schreiben will und das Alveras künstlerische Entwicklung rund um das Geheimnis der Augen-Bilder darstellen soll. Es soll ‚Augen-Blicke' heißen. Sie haben in den letzten Wochen intensiv an dem Text gearbeitet. Jetzt fehlen nur noch die Fotos. Gestern ist Alvera zu ihrer Frau nach Österreich geflogen, heute kommt Winand nach Hause zurück." Sie hustete kurz.

„Noch Fragen?"

Die Verbindung blieb stumm.

„Hallo!", meldete sich Christina vorsichtig. „ Bist du noch da?"

„Ja", krächzte Anna-Karina. Es hatte ihr die Sprache verschlagen.

„Woher weißt du das alles?"

„Internetrecherche, Telefonate, ein Blick in Archive. Du glaubst gar nicht, was da alles ans Tageslicht kommt."

„Dann stimmt das alles, was du mir erzählt hast?", fragte Anna-Karina argwöhnisch.

„Willst du etwa an den journalistischen Qualitäten deiner besten Freundin zweifeln?"

Es gab kein Verhältnis zwischen Winand und Alvera, und sie hatte gar keinen Grund zur Eifersucht. Aber Winand hatte sich doch entschieden, hatte Yvonne unmissverständlich gesagt.

„Was machst du jetzt?", fragte Christina, Anna-Karinas Gedanken unterbrechend, die unentwegt Achterbahn fuhren.

„Ich bin gleich unterwegs", antwortete Anna-Karina hastig, ohne konkret zu werden. „Ich muss noch ein Telefonat führen, dann bin ich weg. Ich werde dir für ewig dankbar sein, meine allerbeste und allerliebste Freundin."

Erleichtert atmete Anna-Karina auf. Trotz des dichten Verkehrs hatte sie es rechtzeitig zum Flugplatz geschafft. Das Flugzeug mit Winand an Bord war gerade erst gelandet. Sie würde am Ausgang hinter der Gepäckausgabe auf ihn warten, den entsprechenden Bereich in der Ankunftshalle hatte sie schnell gefunden.

Ihr Herz schlug schneller, als sie ihn erkannte, wie er sommerlich gekleidet, den Rollkoffer hinter sich herziehend, in die Halle trat. Langsam schlenderte sie ihm entgegen.

Sein Gesicht strahlte, als er sie erkannte. Wie hätte es auch anders sein, stand sie in Stiefeln, Jeans und atemberaubender Bluse vor ihm. Er nahm sie ihn den Arm und drückte sie so fest an sich, dass es ihr den Atem verschlug.

„Schön, dass du gekommen bist, Prinzessin", hauchte er ihr ins Ohr.

Anna-Karina löste sich aus seiner Umarmung. Sie stellte sich vor ihn und schaute ihn streng in die Augen.

„Winand, am liebsten würde ich dich auf der Stelle küssen, aber ich glaube, das ist keine gute Idee."

„Du irrst, Prinzessin", widersprach Winand ihr in ruhigem Tonfall. „Das ist eine sehr gute Idee." Er nahm sie in den Arm und küsste sie.

Innig erwiderte sie den Kuss. Sie glaubte, ihre Füße würden wegsacken, sie schwebte in dem Armen des Mannes, dessen Küsse sie niemals mehr missen wollte.

„Ich muss dir was sagen …", begann Anna-Karina.

„ … sei still. Du musst nichts sagen. Yvonne ist eine gute Schwiegertochter."

Damit war in der Tat alles gesagt. Nach Anna-Karinas Telefonat mit Yvonne hatte Yvonne unverzüglich Winand informiert.

Erneut küsste Anna-Karina den Mann, als wolle sie ihre Lippen nie mehr von den seinen lösen.

„Du weißt, worauf du dich einlässt?", fragte Winand vorsichtig.

Anna-Karina nickte freudestrahlend. „Ja. Auf das Leben und die Liebe. Lieber teile ich dich mit deiner Frau, als ohne dich zu sein, mein Liebster."

„Dann lass uns Zeit für uns finden, meine Liebste." Winands Augen strahlten Klarheit und Zuversicht aus.

Sie küssten sich wieder. Anna-Karina schmiegte ihren Kopf an seine Brust und spürte seinen schnellen Herzschlag. Die Tränen liefen ihr über die Wangen und benässten sein Hemd.


„Ich habe gehört, du brauchst eine gute Fotografin", sagte Anna-Karina, als sie Hand in Hand in Richtung Parkplatz gingen, „damit aus einem sehr guten Buch ein exzellentes Buch wird."

Winand grinste, für seine Verhältnisse schon verwegen frech. „Und du brauchst einen guten Steuerberater in deinem männerfreien Haushalt. Habe ich jedenfalls gehört."

Anna-Karina lachte vergnügt. „Dann lass uns mal schnell in Verhandlungen treten, ob wir uns einig werden können."

„Später", meinte Winand. „Lass uns erst mal nach Hause fahren."

Wohin wollte er?, fragte sich Anna-Karina. Tatsächlich zu sich nach Hause oder doch zu ihr?

„Übrigens", Winand konnte nicht den Blick von Anna-Karinas Dekolleté lassen, das einen großzügigen Blick auf ihren Busen zuließ. Unter der Bluse trug sich nichts. Die harten Knospen der Brüste zeichneten sich deutlich unter dem luftigen, leichten Stoff ab. „Deine Bluse ist falsch geknöpft."

Anna-Karina stöhnte theatralisch. „Unabhängig davon, dass ich dir dadurch einen überwältigenden Einblick gewähre, muss ich dir sagen, dass du keine Ahnung hast. Dieses schräge Knöpfen ist der aktuelle Modetrend. Frauen tragen Blusen in dieser Saison so." Sie schlang ihre Arme um seinen Hals und küsste ihn heftig.

„Aber wenn's dich in deinem Ordnungssinn stört, kannst du sie gerne aufknöpfen und nach deiner Vorstellung richtig zuknöpfen." Sie nahm ihn an die Hand und führte ihn zu ihrem Kleinwagen. „Am besten bei mir. Da kannst du dich ausgiebig mit meiner Bluse und ihrem Innenleben beschäftigen." Sie lächelte verträumt.

„Maria weiß Bescheid. Ich habe mit ihr gesprochen und sie hat mir ihren Segen erteilt. Sie mag mich und ich mag sie."

Ihren Kuss erwiderte Winand mit großer Heftigkeit.

Bevor er etwas sagen konnte, fuhr Anna-Karina fort: „Yvonne ist bei deiner Königin und kümmert sich um sie, damit du dich unbesorgt und intensiv um deine Prinzessin und ihre Bluse kümmern kannst."

# 33.

Anna-Karina musste nicht lange überlegen. Sie hatte Konrad nach den intimen Stunden in ihrem Bett bereitwillig ziehen lassen. Er wollte unbedingt noch zu Maria. Sie würde am nächsten Morgen zu ihnen kommen, aber nicht mit leeren Händen.

Anna-Karina war überwältigt gewesen von Winands Hingabe und seinem Bestreben, sie das Liebesspiel genießen zu lassen.

„Nicht schlecht für einen Mittsechziger", hatte sie ihn geneckt und sich prompt einen scherzhaften Konter eingefangen: „Für fast 50 bist du noch gut in Form." So eine freche Äußerung musste auf der Stelle bestraft werden; wobei die Strafe nicht nur aus Küssen und Streicheln bestand.

Innerlich aufgewühlt und dennoch glücklich bis in die kleinste Pore hatte sie Winand verabschiedet. Kaum hatte sie den Weg ins Bett zurück gefunden, schlief sie auch schon ein.

Bevor Anna-Karina frohgelaunt und vollbepackt die Klingel drücken konnte, wurde ihr die Haustür schon geöffnet. Winand wollte gerade Konrad verabschieden, der mit einem Arztkoffer in der Hand das Haus verlassen wollte.

„Morgen komme ich wieder", hörte Anna-Karina den Mediziner sagen, „mal schauen, was wir dann für Maria tun können."

„Arztgeheimnis?", fragte sie vergnügt.

„Nein", entgegnete Winand lächelnd. „Mein Freund hofft, dass mein neuer Therapievorschlag anschlägt, der in keinem Lehrbuch verzeichnet ist."

„Der aber in unserem neuen Werk ausführlich beschrieben wird", ergänzte Konrad. Er hatte es eilig. „Meine Chefin wartet auf mich", sagte er beim schnellen Weggehen.

„Sprichst du auch über mich bei anderen als von deiner Chefin?", fragte Christina neckend. Sie streckte Winand ihren kussbereiten Mund entgegen.

„Du bist meine Prinzessin", antwortete er und gab ihr einen schmatzenden Kuss. Gerne nahm er ihr die sperrige Verpackung ab.

„Du weißt, was darin ist?"

Winand nickte bejahend.

„Warum?", fragte er während des Auspackens. „Das Bild gehört dir."

„Und wenn schon", entgegnete Anna-Karina. „Es gehört in dieses Haus. Und es gehört in Marias Zimmer. Mein Bild hat nur einen richtigen Platz, und das ist der Platz an der Seite deines Bildes, mein Liebster."

Sie duldete keine Widerrede, packte sich das Gemälde und betrat mit einem fröhlichen „Hallo, liebe Maria!" das Krankenzimmer.

Schnell hatte sie das Bild an die angestammte Stelle gehängt.

„So ist es gut", sagte sie zufrieden nach der Musterung. Niemand konnte ahnen, dass das Gemälde eine Zeitlang nicht in diesem Zimmer gewesen war.

Sie setzte sich neben Konrad auf den Stuhl an Marias Bett. Zärtlich streichelte sie die Wangen der regungslosen Frau. Dann griff sie nach ihrer Hand und glaubte wieder, einen Druck zu spüren. Ergriffen lächelte sie Winand an.

Er hatte eine Hand um ihre Schulter gelegt, die andere legte er auf die Hände der beiden Frauen.

Winand und Anna-Karina sahen sich lange sprachlos an. Beide glaubten sie, Bewegungen in Marias Hand zu spüren.

„Alles gut?", fragte er mit größter Zuneigung.

Anna-Karina schluckte. Sie hätte vor Freude weinen können. Ihr Sprechen wurde zum freudigen Schluchzen. „Alles gut!"

**Renée Miller** ist eine Frau in den besten Jahren mit zahlreichen kreativen Fähigkeiten. Im Rheinland geboren, lebt und arbeitet sie als gelernte Buchhändlerin in ihrer Heimatstadt. Sie genießt die Radtouren entlang des Rheins. Dabei kommen ihr die Ideen, die sie in ihrer künstlerischen Arbeit umsetzt.

Seit Kindestagen spielt sie Querflöte. Ihre Gemälde finden bei Ausstellungen große Aufmerksamkeit. Jetzt hat sie das Schreiben als Ausdrucksmittel für sich entdeckt.

„Augen-Blicke" ist eine Überarbeitung von „Alles gut? Alles gut!", ihrem zweiter Roman, nachdem sie mit „Annabell will nicht" (ISBN 9783752833454) debütierte. Außerdem hat sie einige romantische Kurzgeschichten verfasst. Diese Geschichten will sie in einer kleinen Sammlung mit dem Titel „Hoffnungslos romantisch" veröffentlichen.

„Augen-Blicke" ist ebenso wie „Annabell will nicht" als Buch und als E-Book erhältlich.